詩人の遠征

11

黒部節子という詩人

宇佐美孝二

洪水企画

目次

黒部節子という詩人

序

詩人・黒部節子が、十九年間の深い眠りから目覚めることなく逝って、今年で十年になる。二度目の脳内出血で倒れたのは一九八五年、五三歳になろうとする直前だった。それ以後、彼女は一度も世の移り変わりを目にすることなく愛知県岡崎市の自宅で眠り続けた。

黒部節子は、一九三二年、三重県飯南郡澧代法田（現、松阪市法田町）で生まれた。松阪南高等学校（現・松阪高等学校）を経て奈良女子大学を卒業した四年後にはすでに、第一詩集『白い土地』を出版している。

病に倒れる前の黒部節子は、母親、妻である傍ら、詩人として詩誌「アルファ」の編集や中野嘉一主宰の「暦象」等にも参加して精力的に詩を書いた。また中日新聞や他新聞に詩やエッセイの寄稿を続けるなどしておおいに期待された詩人であった。だが四十歳で最初の脳内出血に倒れ、闘病生活に入った。

黒部節子の世界は、他の詩人と比べても独得である。その世界は、日常を描くでもなく、かと言って形而上の世界を描くのでもない。あえて言えば「私」という存在をもっと大きな存在に溶かし込んだ東洋的な境地、と言えようか。それだけではなく、その背景には、西洋の象徴主義的な手法が見え隠れし、一見シュールな世界に迷い込んだような印象さえ受ける。

であるって言えませんでした／であったって言えませんでした／なぜって私は何でもなかったのですから／「私は」と言ったきりそれきりでたとえばぬれてゆれる消えそうなあせびの茂みなのかも知れなかったのですから
／／でも私はそうして立っているのです／三億年ももっとまえから／「私は」と言いさしながらまだ何も言えないのです

（詩集『空の皿』一九八二年刊「わたしはまだ……」前半部分）

現実のなかに虚構、虚構のなかに現実が入り込んだ世界は、むしろある懐かしさを感じさせる。それが何に由るのかまだ解明の途中であるけれど、従来の日本的な詩の枠組みでは捉えきれない魅力となっている所以である。

黒部節子の独自な世界の出現は、皮肉にも、彼女が最初の脳溢血に倒れた時期と重なる。マヒした右手の代わりに、自由の効く左手で、画用紙のうえに詩や絵を必死に試みる姿を家族は目撃している。彼女が編集する「アルファ」に、「エスキス」（素描）と題された連作が登場するのはその頃である。

黒部節子は闘病生活を送る十二年の間、時には実家である松坂の家に帰り、家具や部屋の窓、障子などに自分の生まれた跡をたどった。時にはそこで暮らした家族や、家に出入りする人たちのことに思いをはせたりした。それが彼女の「書かねばならないこと」であった。同時に、黒部節子は、「生まれたばかり」の言葉を探し始めた。まだ見えて来ていない、聴こえなかった言葉が、次第に作品の中に明瞭に現れ始めた。世の詩人たちが容易に到達できない世界が、病に苦しんだことで、かえって向こうから近づいてきたかのようであった。

昨年秋、私は何年振りかで黒部節子の生家を訪れた。住む人のいなくなった廃屋のそばに立つと、私は詩の中の人々がまだこの家を出入りしているような錯覚を抱いた。堤防から降りると、家のそばを彼女の詩にも出てくる櫛田川がゆったりと光って流れていた。

第一章

1　黒部節子の青春　―交わされた手紙を基に

昨年（二〇一二年一月初め）、三重県伊勢市にお住いの平石（千之）という方から電話があった。平石氏は、黒部節子の高校時代からの友人とのこと。拙詩誌「アンドレ」に黒部節子のことを連載しているとの情報を得た、ついては「アンドレ」を送っていただきたいと……。早速、拙詩誌をお送りすると、その後、平石氏から御礼の手紙とともに、謝礼と、高校時代に撮った、黒部節子とその友人たち（平石氏によると「仲良し四人組」と言う）の写った写真が三枚同封されていた。恐縮し、すぐに御礼の電話をしたのは言うまでもない。

その後、同年六月の終わり、私は伊勢市の平石氏宅を訪ねた。氏は黒部節子の高校時代のことを話してくださり、また、潮干狩りの時に撮った写真、そして彼女の大学時代の、手紙のやり取りのコピーを下さった。以下、平石氏からの聞き書きと、節子の平石氏への書簡を紹介したい。

四人組
（右上が黒部節子）

生家

■「頭の小さな、美少女」

松阪南高校時代（現在の松坂高校）の節子は、東京育ちの、目立った子だった。帽子をかぶり、洋傘を差し、しかもよく遅刻をしてきた。学校の先生はそれを注意もしなかった。人を見るとき、左向きに頭を少し上げて見る癖があった。それがよけい高慢な印象を与えていたかもしれない。（筆者注：詩人で高校の後輩である加藤千賀子氏によれば、「他の生徒とはまったく違った、頭の小さな、美少女が学校の坂を登って来た」と書いている。）

ある日、Y（女性）が、当時、文芸部長をしていたM（後年、俳人として静岡県で活躍したという）と節子を結び付けようとした。その企画が、昭和二四年、大口港の潮干狩りである（写真）。が、その策略(?)は失敗に終わった。節子もMも、どちらもその気がなかったようである。

翌朝、電車の中で、節子はよだれを垂らして寝ていた平石氏に近づいてきた。「オハヨウ、画伯起きなさい。アラアラ、よだれを垂らして。赤ちゃんみたい。」そして右ひじで、座っている平石氏の肩のあたりをぐりぐりと押した。それが「仲よし四人組」の始まりだった。

平石氏は朝の六時前から電車を乗り継ぎ、アジトに立ち寄り、帰るのは夜十時前であったという。節子は、図書館かで時間をつぶし、平石氏と一緒に帰った。周りは彼らを「付き合っている」と見ていたようだが、平石氏は特別な感情を節子に対して抱いていなかった。平石氏に

潮干狩り時に撮った8名の写真—中央　黒部

は、仲良し四人組のうちの一人、Hさんという、後に結婚するひとがいたのである。
節子の方も、この頃、後のご主人となる山口研二さんと知り合っている。節子は最初三重大学に入るつもりで、当時、三重大生だった研二さんに大学の話を聞きに来た。それがなれ初めだった（研二氏の話）。
昭和二五年四月、節子は、奈良女子大学に入学する（文学部国文学科）。平石氏によると、節子の成績は優秀で東大に入れるほどだったが、戦後の貧しさもあり、学生は地元の大学か周辺の大学を選ぶことが多かったようだ。節子も例外ではなかった。
節子から平石氏に来た手紙を見ると、昭和二五年、二六年と大学の寮からの発信となっている。この手紙に「民学同」という文字が見えるのは、高校時代、節子もそれに関わっていたというより、図書館で勉強した帰り、平石氏が関わっていた〝アジト〟に寄り、家が一緒の方向だったので誘い合わせて帰った、というのが真相だった。平石氏は、節子を「アジトには近づけまいとしていた」と言う。この時代は、朝鮮戦争が勃発し、日本もまた巻き込まれるのではないか（実際に巻き込まれた人もいた）という不安感が日本を覆っていた。そうした時代背景であれば、平石氏や若い節子が危機感を抱くのは当然と言えた。

＊　＊　＊

■手紙から

昭和二五年六月一一日？（平石氏注：消印日判読不明）

平石様

奈良女子大学寮　黒部節子　拝

じめじめとした　梅雨の降り続く、いやな毎日でございます。その后も、お変わりなく　おすごしのことと存じあげます。こちらも相変らず。貴方の住所を、つい忘れてきましたため、長い間御無沙汰をしてしまいました。お許しください。

何処かえ御就職になりました？　それとも例のごとく？。ずっとまえ。民学同で、遅く汽車で帰った頃が想い出されます。T先生は、日赤へ　かはられたん　ですってね。

こくちゃんはどうしていますか？　相変らずかしら？　本屋の前　で　一時間位　立ち読みしたり、キャンデー屋に靴下を忘れて来てしまったり。道々パンを噛んだり、例の「論文」をやったり？。H女史にも　ずいぶん會はず。みなさん　何をなさっているのでせうか？

先日「きけわだみつのこえ」のロオド・ショオを見ました。感激の二時間。ちょうど、奈良でロケしましたので、私の息ぐらいは、写っていたかも　知れません。近頃の状勢をどうお思いですか？　なんだか不安な毎日ですね。民学同は、民青同になったらしいですね。

こちらの民青同運動、微々たるものです。でもコーラス隊なんか、中央からやってきて　指導して呉れます。でも昔の高校時代のような、〈われらのプロ〉、って感じがうすいの。団結がなくて、皆が　ぎこちない態度をとっているの。でもそれは、私が皆から離（平石氏注：略字？）れて、ひとり悄然としているからかも知れませんが。とにかく私には高校時代　の方が　なつかしいのです。でも、こんな生活にも、打ちかっていかなくては　と思っています。先日、はるよさんから手紙がきました。彼女　体を悪くしているらしいわ。それから郁さんにもだしたんですけど、ちっとも　お返事を呉れません。會ったら怒っておいて下さい。連日徹夜のアルバイト、とうとう祟って今日は寝てばかり、どうぞ　お元気でね。おたよりをまちつつ。

くろ

平石様

＊　＊　＊

昭和二六年六月三〇日（消印）

水無月二七日

奈良市　奈良女子大学寮

黒部節子　拝

一度び驟雨来ると思いきや、再び晴れて、太陽がぎらぎらと照りつける、本当にきまぐれなこの頃。

このあいだ、なつかしい　おたよりと、お写真　うれしく、長い間　昔の夢に　ひたりました。

今さっき、民青のコーラスの練習に行って、のどから血が出そうになる程くたくたになってかえって来ました　ところ。

今週土曜。〝平和大会〟がひらかれますので、そのおけいこです。

相変らずの　ドラ声で困りました。

とうとう戦争のきざしが、姿を顕してきましたね。（筆者注：朝鮮戦争一九五〇―五三のことと思われる）

再び、夫が、父が、恋人が、友人が。不合理な手段で。地上から　失われる時期が来たのですわ。

「生に誠実に生きる」同志の名に恥じぬよう、この人類の敵「戦争」に反旗をかかげて進みましょうね。

貴方は、直接　政治に参興されているのですもの。どんなにか　うらやましい事でせう。

でも私は私なりに　戦いに対して闘（平石氏注：略字使用）ひます。

体は遠く離れていても、共にはげまし會《ママ》ってゆきませうね。　ともすれば弱くなり勝ちな私の心。

貴方のお便りで　どんなに　力強められ　慰められたか分かりません。

この間、イタリヤ映画〝荒野の抱擁〟をみました。

彼等人民の根強い反戦思想が、力つよいレジスタンスを作っているのに感激　一時間三十分。

音楽に趣味をお持ちになるの、とてもいいことですわ。ベルリオーズどんなに素敵だったでせう　あの中でワルツがあるでせう。私はあそこが大好きです。

ずっとまへ。（日記によると一九四九年七月十四日（木）晴）北校でレコード、コンサートがあり、〝ペルシャの市場〟をききましたね。覚えていないかな？T先生が、貴方に、「F先生二階にいませんか？」と聞いたことがあったでせう。あの時。

この間ペルシャの市場を、映画館でき、何となく　なつかしくなりました。

本当に音楽は、人の心の糧ですわ。貴方の唯一の慰めになったのも当然ですわ。

コクちゃん、「メバイ」とはすてきだこと。どうぞよろしく　言って下さい。

H女史、〝あえて語らず〟の言は、お察し申し上げます。何かおごり給へ。

それから話は変わりますが。

貴方の、「考える」問題、とても大切だと　思いました。つまり、行動はしっかりした理論の上に立たなくてはいけないし。しっかりした理論のない所では行動してはならない。ことでせう?。

でも、若し「行動しない」と言ふことも一つの行動だとしたら?

若し、「この問題は、よく考えてからでないから、どっちとも決められない」として、何も決めないでいたとしても、やはり、「なにも決めないでいる」という一つの態度を取っていることになるとしたら?

そんな風に考えると、とても苦しくて、自分の力のなさが　哀しくなってしまいますわ。

一瞬一瞬が、真の自己の態度　を要求している様で。いてもたってもゐられなくなりますわ。

だから、まづ、真に正しいと思うこと。自分に誠実な仕事だとおもはれること。そう言うことを必然的にする様になります。

それが私の反戦運動です。

貴方はどうお考えになりますか？

またお手紙を下さいね。若し、七月七日以後は、家の方へ下さい。—三重県飯南郡漕代村法田—

写真を、とのことですので、早速とりにゆきましたら、かかるデブちゃんにとれてしまいました。

本当はさほどでも　ないのです。よろしくお察しの程を　お願ひ申し上げます。

だれにも見せぬこと。貴方以外の方にあげてございませんから。

では　コクちゃん、H女史、M、K　氏にもよろしく。

七月八日に、六時の汽車にて　帰ります　予定。

山治《ヤマハル》は、医大へ勤めて、郁ちゃんたち、例の　ノラクラ振りを発揮している模様です。

時節柄、くれぐれも、お体を大切に　なさって下さい。

再会を約して、　然ようなら、

画伯　様

黒　より

＊　＊　＊

平石様
　写真在中
昭和二七年四月五日（消印）

三重県飯南郡漕代村法田

黒部節子

前略　御許し下さいませ。
昨日は御電話ありがたうござゐました。折悪しく外出しておりましたので出られませんでしたの。父がでましたそうです。それによりますと六日はまだ波も高いとのこと、父が心配してをりますので参れないのでございますが、コクちゃんは八日に出立なのでせう？八日までにあと二日、どう考えても一寸都合がつかないんです。

今度下宿を急に変わることになったので　早く引っ越しのため帰校しなくてはなりませんので。

それで　折角計画していただいた会合もおじゃんになってしまひさうなんです。六日なら開いておりましたのですが。

貴方にはまたこの後お会いできます機会もある事と存じますけれど、コクちゃんには、殆ど、ですわね。

この七月、北海道行きを計画していますから、その時会えますかもしれません。

ごせんべつ　をフイにしちゃってごめんなさい　と言っておいてください。

きのう　T先生におあひしました。

こんなわけで　とうとう出られないの。六日天気よさそうだけどやっぱりだめか知ら。

海のあなたがおっしゃるのですから　きっと本当なんでせう。

コクちゃんに写真をたのまれました。こんな変なのでよろしかったらどうぞって(平石氏注：原文のままに)申して下さい。これ、塀の上で宙ブラリンしているの、私らしくて、いいでせう？

若し、七日　急にひまあれば　お電話を致します。

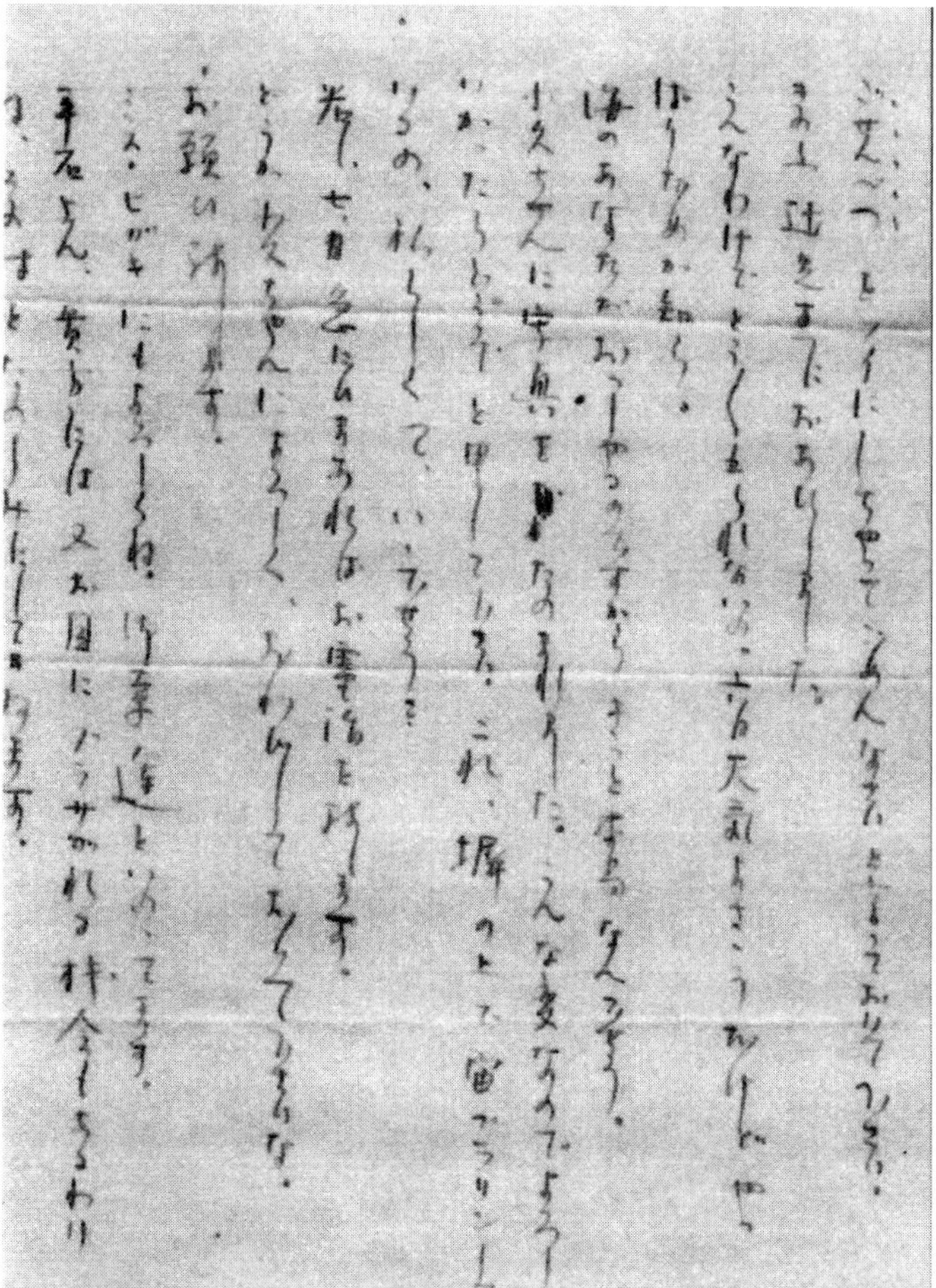

手紙

どうか　コクちゃんに　よろしく、おわびしておいて下さいな。
お願い致します。
ミス　ヒガキにもよろしくね。ご幸運をいのっています。
平石さん、貴方には　又　お目に　ブラサガれる　機会もあるわね、その時をたのしみにしてゐます。
コクちゃんに　北海道の軍備反対をたのむとおっしゃって下さい。お互いにがんばって行きませう。

おわびまでにしたためました

節子

平石様

草々

＊　＊　＊

■処女詩集へ

黒部節子、一八歳から二〇歳頃の手紙である。

平石氏に対しても信頼感を「貴方には　又　お目に　ブラサガれる機会もあるわね」という表現で表したり、無邪気で若々しく、現代の青年たちと比べても何ら違和感がない。むろん、時代背景の違い、それによる反応はそれぞれ独特であるけれど、節子が生きた昭和二五、六年（一九五〇、五一年）の雰囲気が濃厚に迫ってくるのが読みとれるだろう。

詩人としての黒部節子はここでは影を潜めている。

実際には、節子は一五歳から「詩表現」、一九歳で「暦象」といった詩誌に参加して詩を書いていた、早熟な詩人であった。

「詩表現」は、戦災で東京から疎開し飯南高等女学校へ転入した節子が最初に詩の教えを受けた、親井修が創刊した詩誌である。「詩表現」の15号（一九四九年）に、節子は「眼」という作品を発表している。残念ながらこの作品はどの詩集にも収録されておらず、われわれの目に触れることができない。[1]

1　後日、黒部晃一氏から「詩表現」15号に収められた「眼」がコピーされメールで送られてきた。

「暦象」は、当時松阪に住んでいた医師で詩人の中野嘉一が一九五一年に創刊した詩誌で、節子は創刊から同人として参加している。詩集で見ることのできる、もっとも古い節子の詩は、一九五四年「暦象」10号に発表した「物語」という作品である。この詩は、初めての詩集『白い土地』に収録された。

白い空の消えるあたり
早い晩餐がひらかれた、つつましい
虹色の椅子やテーブルの上で

空腹の天使は空ぢゅうに
つめたい海盤車をこぼしていった
海が光り出す前に

陸地のつきるあたり
一面の草原の乾いた風の中を

短い葬列が過ぎていつた
遠い海へ棺がはこばれた

太つた父親と喪服をきた乳母のまへを
恋人だつた少年は勇敢に草を開いていつた
すぎさるあとから　光る瞼のやうに
高い草はふたたび閉ざした

死んだ小さな娘は涙をこぼしてゐた
天使たちは冷淡だつた
雲と風にふくらんだ髪を梳き
早い食事のあとかたづけが
彼女の日課だつた、固い皿やコップの内側には
いやらしい天使たちの歯型がついていた

海の光り出したころ
海に細い墓標が立った
乳母はコスモスの花を投げた
少年はアマリリスの球根を投げた

少年はちいさな悔恨をなげすてた
燃える書物をなげすてた
もえる夢、多くのまづしい計画を
海が陸地を犯しはじめるときだった

（詩集『白い土地』から、全篇）

二一、二二歳でこの詩を書いた黒部節子という詩人は、やはり早熟と言えるかもしれない。反面、整い過ぎた、優等生という印象もぬぐいきれない。「詩表現」には当時、節子よりも達者な詩を書く、節子と同世代の女性詩人がいたという（平石氏の話）。だが文学の世界は、その才能が長じて維持され伸びるという保証はない、という意味で皮肉に満ちている。神話や、寓話のなかに閉じ込められた節子の世界は、これから伸びるも伸びないも全く予知のできない世界であった。ただ「空」や「天使」が出てくる世界が、後の黒部節子の世界に直接通じていたことは確かであり、それだけが唯一手がかりとして残されていた。

「早い食事のあとかたづけが／彼女の日課だった、固い皿やコップの内側には／いやらしい天使たちの歯型がついていた」という、「いやらしい天使たちの歯型」がいかなる感受性のもとで現れてきたのか。読む者がドキドキしてしまう、この独特の感覚、この頃も、いやその後だって、だれも真似できない表現を、節子はこのときすでに身に付けはじめていた。

いつ、どこででも
私はあの男をみるだらう、公園の
石のアーチから流れるギリシャ風の
金色の雲の下でも
子供たちのささめく古いミモザの

茂みの中でも
どんな爽やかな夜、羽撃く朝にでも
私はあの男をみるだらう

（同詩集「地上のマリア」冒頭）

ここに出てくる「あの男」は、後年の『北向きの家』に出てくる「小さなさかさの顔」（作品「日曜日に」）となんと似通っていることか。先の「いやらしい天使たちの歯型」と同じように、一種、〝いびつな感覚〟をもって節子は登場してきたと言っていいだろう。それが何に由来するのか、ご子息の黒部晃一氏によれば、節子はあきらかに、父親へのコンプレックスがあったという。ご夫君である研二氏も、節子から、画家であった父親黒部竹雄への反発から画家志望を止め詩に向かった、と聞いたという。

それが即、詩のなかの「あの男」につながるとは言い切れないにしても、彼女の心理の彩の一筋を顕しているとは言えないだろうか。

詩集『白い土地』

詩集『空の中で樹は』

2　黒部節子の黎明期

――詩誌「暦象」、詩集『白い土地』、詩集『空の中で樹は』、詩画集『柄』、作品集『耳薔帆O』を基に

■黎明期と「暦象」

黒部節子の詩的出発に際して、同人であった詩誌「暦象」の影響はどうだったのだろうか。

節子は一九歳の時、旧制の松坂南高等学校（現・松坂高等学校）時代の恩師である親井修とともに、中野嘉一が主宰する詩誌「暦象」創刊に参加する。

「暦象」の創刊は一九五一年（昭和二六年）十月。主宰の中野嘉一は当時、精神科医として松阪市殿町に住んでいた。後年、東京武蔵野病院で太宰治の主治医を務めたことで知られる、詩人でもあり歌人でもあった中野は、新短歌運動やシュルレアリスム運動に加わった。

詩誌「暦象」を立ち上げたのは、戦後、新たな芸術運動が全国で勃興し始めた時期でもあった。「暦象」創刊号の顔ぶれは、まず、西脇順三郎が作品「磁器」を寄稿している。次いで中野嘉一の「コンプレックス」という詩が納められ、次ページからは、二段組で十二名の作品が組まれている。渡辺正也、出岡實といった名前が見える。それらに挟まれる形で、竹中久七[2]（佐藤

惣之助・「詩之家」同人）が詩集刊行に先立って、書評というより前宣伝とも言えるエッセイを書いている。そして同じく挟まれた形で、「磁場」と名付けられた欄に、三段組みで7名の作品がある。（「磁場」欄については、「暦象雑記」に、会員の参加希望する詩稿が五十数編に達しその中から七篇だけを選んで載せた、という報告がある）

黒部節子は、その「磁場」欄の最初に、作品「恢復期」という八行ほどの小品を載せている。

秋よ。
おまえがもつて来た季節はずれの熱病が
おまえの歯をまつ白にしてしまつた。
まつさおにひろがつた病床。
天に向つている水銀管。
時間がしづかに滴つている。
乾燥しきつた採卵箱に
おまえが入る。

2 「暦象」創刊号・竹中久七記

「アンドレ」10号で言及した、黒部のライバルと思われるO女史の作品はその次にきており、高校時代の恩師である親井修の作品は、二段組みの最後の方に載せられている。

ここから判るのは、「暦象」自体、大所帯の詩誌であり、その中で、十九歳の黒部節子は将来を属目された存在であったということだ。また黒部の恩師である親井修は「暦象雑記」にも記事を書いており、編集参加している詩人として存在を顕示していた。

■「暦象」・中野嘉一

では、主宰の中野嘉一の作品はどのようなものであったか。

疲れ果てた脳髄から
フレッシュな尻つぼまで
一すぢの小川が液体として流れてゐる
何かの條件で
小川の水はヴオリウムを増す
白い肋骨が橋柱のやうに

ギシギシ揺れたりする
そんな場合
小川の水面は灰色にも浅黄色にも
なるしコバルト色の液体にもみえる
小川の岸の草といふ草の
網條突起は自我をわすれて
かぼそい燈火をともすのである。

日没の赭土を盛りあげて
岬の森の旁に陽はしづむ
森の中の古代の藁葺きの家では
病理の論文を書くために十年間もかゝつて
毎日作製した脳連続切片が
黝んだ抽斗の奥で
宝石の様に光つたり

また馬の睫毛のやうに褪色したりしてゐる。
此の家の主人公は目がさめると
神経切断、前頭葉切除術のスリルを考へる
仮説が与へる恐怖のまへの
思索の長い時間のまへの静けさを
たのしむ習慣がある。
小鳥の黄ばんだ翼のしたでは
よく　kastarationskomplexe　が潜んでゐるといふ。
能登半島のはるかな沖には
猫の島といふ島がある。
猫が人間を離れて猫だけで
一つの島を占據することが出来るといふのか
それはあるいは女丈ゐる島という意味なのか。

一すぢの小川はたのしいファンタジーを

さゞめきながら尻つぼの方へ流れてゆく。

（作品「コンプレックス」全文　詩誌「暦象」創刊号）

精神科医という職業柄だろうか、いかにも観察眼の精緻な表現である。戦前、戦中の抒情から一線を画すような、心理的な分析に加えて科学的な描写も入っている。中野嘉一は翌一九五二年、詩集『春の病歴』を刊行し、第一回中部日本詩人賞を受賞している。中野の詩は、彼の師でもある西脇順三郎の影響も見て取れる。モダニスム、シュルレアリスムの詩人と言われる西脇であり、その意味では、中野の詩もシュルレアリスムの影を宿しながら（もっとも日本とヨーロッパではシュルレアリスムの捉え方にズレはあるが）、当時の詩の状況を片目に捉えて詩を書いたと言っていいだろう。詩集刊行に際して竹中久七は、中野の詩を、ドイツの詩人で医師でもあったハンス・カロッサに共通して見える、「新即物性」の詩だと指摘している。

その指摘が的を射ているかどうかは別として、この時代の思想性を反映していることは外れていないだろう。

■恩師・親井修の詩

黒部の恩師であった、親井修の詩にも触れてみよう。

透視の秘法には無縁でもない
――まして導火への過程は――

水質が平凡な科学に挑戦して
乾燥した花瓣の信仰を剝奪するという
愚鈍な土壌に今日の異変が生まれた

その一　負数
その二　幻像
その三　羅列
その四　年譜
その五　白堊

その十　血痕
その九　電源
その八　紅焔
その七　胃潰
その六　生殺

珍奇な扮装を思念の制札とする
嗅覚の麻痺を処理する怠慢が
世紀の混濁の陥穽に葬られて
明日への轉意が胎盤を滅却した
不具を哀惜しながら
安息を賞玩しながら
情緒の仮定を設営の外部に逸した

裁断することの常規を監視せねばならぬ

（作品「透視法による鑑識」全文　詩誌「暦象」創刊号）

この時代の、極度に揺れた針の一方向を見る思いがする。がよく考えれば、親井自身が創刊した「詩表現」という詩誌名がすでに、ドイツ表現主義の一端に関連しているとも言える。そこでは〈反抒情〉〈反文法〉的な表現方法が志向され、「とくに抒情詩においては」―「ダダイズムへと展開された言語実験的な傾向」[3]があるとされる。「暦象雑記」で親井は、「依然として倭国的抒情の延長線上に彷徨している藝道であることを誇りとすることに甘んじていなければならないのであろうか」と記している。衒学的といった言葉が浮かぶ親井の作品だが、むしろ戦前戦後ドイツの反詩運動に影響されているとみてよいだろう。しかしながら親井修の参加は3号までで、4号以降の「暦象」には姿を見せていない。親井の前衛的な詩の傾向は、確かに「暦象」内でも先鋭的で異質であった。中野嘉一がシュルレアリスム運動に加わったといって、中野自身がそれほど前衛的で尖った詩を書いたわけではない。いわば新心理的な詩が中野の魅力となっているのだがそのあたりで「暦象」同人内の齟齬があったのかもしれない。

■「暦象」の黒部節子

黒部節子の作品は、二号こそ三段組みの短詩二編が掲載されていたが、3号からは二段組の扱いになって、この号では「黒部勢津子」というペンネームで「午後」という十三行の作品を載せている。

だれも来ない日には
女達は盛装をして空を歩く。
恋人たちがうれしがる青いお化粧を
今日はかなしみにひからせて歩く。

かつて煙硝の匂の中で
夢はおれんぢの花を満たした女達。
ふかい眼はうしろをとざす。
呼吸はやさしく

3　『ドイツ語を学ぶ人のために』内藤道雄編（世界文化社）P147―148

指は狡猾になり
その痛々しい眼の裂け目までが
ひとは衣装のせいだという。

花束のような
腰だけがはなやかに生きているばかりだ。

（作品「午後」全文　詩誌「暦象」第3号）

まだ個性的と言えるほどのものはないけれど、理知的であり、同性を見るシニカルな視線が光っている。十九歳でこれだけの詩が書けるのは、確かに注目を浴び、「暦象」においても重きを置かれただろうと思われる。では黒部の作品が、同人の誰に影響を受けていたのかと推測しても、これは黒部自身であって、他の誰でもないと言うしかない。その意味では「個性」ではあるが、後年の詩を識っているわれわれから見たら、それは女性詩のひとつであってそれ以上のものではないと答えよう。

「暦象」4号では、黒部は同じく「黒部勢津子」名で、二編の短い作品を載せている。

星が降りてくる。そんなとき
人はなんとあどけなくなることだろう!
すべての小さなものゝ上に
野菜畑やむぎ粒などの上に
音もせず、降りてくる星は
それは失われた心のようだ。
愛はそつと成長をはじめる。
つあんはなだ一本をもつてかえつてくる。
レイコのはなしがまとまるという。
そんな夜におまえは
あれをみていたか。天から梯子のように
つゞいていた星たちの異様な繁殖を。

(作品「奇蹟」全文　詩誌「暦象」第4号)

白く遠くの搾乳場がひかつている。
高く伸びた高架線がひかつている。
煉瓦のかげには
レグホンたちが散在していた。
雑草のあいだを銹びたレエルがつゞいていた。
傾いた陽が逡巡する。
掌のやうに
愛たちは見交わす。
スカートをひるがえした愛たち、
樹は手をくむ。
ムンクは夕ぐれをバラ色に
染めて立去る。

（作品「牧場で」全文　詩誌「暦象」第4号）

却ってその時代の潮流を感じさせない詩風が好感を呼ぶ。翻って男性詩人は「外来思想」や「外来主義」に従順であるような傾向が見受けられる。「暦象」３号で、同人の藤田三郎はこう語っている。「この国の詩人たちはともかくフランスを真似たがる。象徴主義・立体派・超現実主義…」。七十年前から現在まで、人の傾向はそう変わらぬと見える。黒部の作品は、主義主張からは自由な女性の、自らを恃むたくましさに通じている、と言えないだろうか。この時代の前には、左川ちかや永瀬清子が生きていて生命力に溢れた詩を書いた。その残像が黒部にも見えるようだ。

雲のやうに　　　　左川ちか

果樹園を昆虫が緑色に貫き
葉裏をはひ
たえず繁殖してゐる。
鼻孔から吐きだす粘液、
それは青い霧がふつてゐるやうに思はれる。

時々、彼らは
音もなく羽搏きをして空に消える。
婦人らはいつもただれた目付きで
未熟な実を拾つてゆく。
空には無数の瘡痕がついてゐる。
肘のやうにぶらさがつて。
そして私は見る、
果樹園がまん中から裂けてしまふのを。
そこから雲のやうにもえてゐる地肌が現はれる。

それゆえ、「暦象」という同人誌によって育てられた黒部節子ではあるけれど、その影響はこの時点ではほとんど目立たない。

■引き裂かれた時代
しかしながら黒部の詩人としての顔は、この時の抒情詩人にとどまらなかった。

後年、病に倒れたあと四二歳で刊行した『いまは誰もいません』は黒部らしい詩集だが、それに止まらずユニークな点は、黒部が当時の詩の輸入思想の、いくつかの動きを見ながら（というより流れに運命を乗せられながら）切り開いていった軌跡の鮮やかなことである。
黒部節子は、一九五五年、二五歳で最初の詩集『白い土地』を暦象詩社から出した。瀟洒な表紙の、無垢、という言葉が似合う抒情詩集である。

秋の顔

あめあがりの養老院の窓に
褐色の
萎びた顔が浮かんでゐる
そのあたり　淡いピンクの
不吉な霊魂のごとくに揺れてゐるのは
ぬれたたちあふひの

巨きな花だ

よく手入れをされた
丸い庭はそのひとのでも
たれのでもない、ひょうひょうと
所有者のない　虚しい庭の面を
ちぎれた花の首が走り
風がよぎってゐる

（前半部分　詩集『白い土地』より）

その後、一九五九年（二七歳）には、和田徹三の「湾」に参加。一九六〇年（二八歳）には、住んでいた岡崎市やその周辺の詩人たちを同人とした「アルファ」（永田正男、永谷悠紀子、岩崎宗治、谷沢汕、菊池武信、小園好が初期同人）を立ち上げる。

一九六五年（三三歳）には、朝日新聞日曜版に、画家・久野真と詩と画のコラボ「柄」を一年間連載する。これは、久野真の提出するきものという伝統のある縞柄に黒部が詩を付けたというより、久野の柄が演出する空間に黒部が詩をぶつけた結果の、おもいがけない化学反応とでもいうものだった。

なんども書いて
とうとう出さないでしまった手紙の
なかにはなにがあったのだろう、インクのしみのほかに
書き損じた文字とか
書いてはいけなかった言葉のほかに

窓が閉じこめてしまったひかり
永遠に発芽しないさみしい麦粒たち
ただいちども
読まれなかったわたしの名だ、それらは

いつもわたしの

どこかの抽斗《ひきだし》にある
薄明のふちでいつまでも
眠れないでいるねむりなかに

（画と詩　〈ごばんじま〉全文　詩画集『柄』より）

この新聞の紙面は、詩を最初に読ませようとするのではなく、柄の画を特別に見せたいのでもない。どちらかを主体とするのではなく、画と詩が作り出す空間を読者に〈あそばせる〉、という編集部の思い切った意図があったのではないだろうか。従ってタイトルのようなものは、申し訳程度にスペースの隅っこに小さく印刷されているだけだ。「むしろそんな「柄」のイメジとは、およそかけ離れた地点で詩を作った。」と黒部自身が語っているように、詩と絵柄はこれといって連想されているわけではない。そこから読者がどう自分で楽しみを見つけ出すか、その空間が提示されているだけである。

時代背景を言えば、六〇年代というのは安保闘争があり、新たな詩誌が次々と創刊された時代である。詩の読者が増え、詩集が今とは桁違いに売れたと聞く。同じ年一九六六年に黒部は第二詩集『空の中で樹は』（思潮社刊）を出している。この詩集は、第一詩集に続き、理知的な詩ではあるが後年の黒部の詩風を思わせる、〈なにか大きなもの〉に呼びかける意志が健在である。長いが紹介する。

わたしの下の
深い土
この土に　手を当てていると
土はわたしのてのひらと
おなじ暖かさになる
土の温度とは　たぶん
そういうのだ
それからまた　土に
耳をあてる
土は言わないで　その湿った耳で
同じようにじっと聞いている
何を？　わたしの聞いているものと

同じものを
土の沈黙とは　そういうものだ

ながいあいだかかって
土はその器に　養分の
スウプを溜める
こちらから出てゆくものや
毀れてしまったり
もうとうに終わってしまったりしたものまで
貪欲なみどりの口で
それを欲しがる
土は公平だ
生きているものはのびてゆくし
死は透明な球根のように太る

だが　土のやさしさで一ばんなのは
その体温の中で
遠いところものを
近くのもののように判らせることだ
土に手を当てていると
土はおしえてくれる
ずっと　ずっと向こうにも　わたしの
もうひとつの見えない指があると
「わたしの土」というとき
遠くで誰かの声がいうのだ
同じように
「この　わたしの土」と

（作品「土」全文　詩集『空の中で樹は』より）

だが同年に刊行された『柄』は、そのアプローチ、コンセプトがまったくと言っていいほど違う。いや、その詩は確かに黒部節子そのものなのだ。そうなのだが詩（ポエジー）は外部から隕石のように不意打ちでやってくる。そのための構えが読者には取れないのである。山の登山道で、柵も立て札もないのに立っているところが高山植物の咲いている場所だった、という戸惑いに似ている。

朝早く　部屋の中では
寝床と球根の匂い
まだ昏いのに

外ではまっしろな霧が
いっぱいにひしめいて
はげしく噛み砕かれた果肉のようだ

窓がひらかれる　細く
ためらいがちに

くらい小さなハンケチが振られる

誰か呼ばれている
霧の奥のほうから
だれもまだ聞いたことのない
はじめての　花の名前で

（「亀甲」・画と詩　全文　詩画集『柄』より）

このあたりで黒部節子の詩の世界がおおきく分かれたと見るのは不遜だろうか。ここに見られるのは、〈わたしの分裂〉である。作品「土」（第二詩集『空の中で樹は』）に出てくる、「遠くで誰かの声」。片や、「亀甲」にある、「誰か呼ばれている」という記述。これは決して偶然ではない。つまり黒部の故郷であり「土」である「わたし」（――「誰かの声」）。そして『柄』で挿入される、いわば形而上的な「わたし」（――「誰か呼ばれている」）とである。〈わたし〉は、無意識のかたちで引き裂かれている。

黒部の現実の生活も、そのことを実証した形としてある。生家は三重県の松坂市。昔は飯南郡法田という、松坂駅から各駅停車で二〇分ほどの「多気駅」（以前は「相可口駅」）で降り、そこから歩いて四〇分（と女学校時代のことを黒部は書いている）ほどの距離である。結婚してから住んだ愛知県の岡崎市は、生家とは、伊勢湾を挟んで直線距離で約七三キロメートル。線路沿いだと約一二〇キロメートル。電車で移動すると、時間的に三時間以上はかかるだろう。生まれ故郷であり、六歳まで育った法田の空気や人を大事に描いている黒部にとって、〈わたし〉は物理的にも引き裂かれていた。

■モダニストとしての顔

多くの場合、その時代ただ中にいる詩人は、無我夢中で泳いでいる。したがって自らを「——スト」と呼ぶことはない。時間を超えて初めて、時代はその詩人を大枠のなかに閉じこめる。文学史家はそうすることで、自らの証明を外に向かって誇らしげに掲げるが、実際の生きた詩人はそうではない。過去の詩の流れ、流儀を受け止めつつ、現在の自分の〈生き方〉を問い続ける。そこに磁場のようなものが生まれ、その磁場がはらむ時代の流れに晒されながら、詩人は書き続けるということになる。

黒部節子の、一九六九年（三七歳）に出た『耳《じ》薔《そう》帆《はん》O《おー》』という奇妙なタイトルの「作品集」は、以上に書かれた背景のもとに出来上がったのではないだろうか。
まず、この世界に二つと無いと思われる、風変わりな「作品集」を説明しなければならない。縦一九センチ、横二七センチのボール紙に覆われたそれは、真ん中に「耳薔帆O」のタイトルと「黒部節子」の名前。タイトルの「O」の部分はなんと、真鍮のネジだ。左にある結ばれた紐をほどくと、本物の表紙が現れるが、このままでは開けない。「O」の部分、真鍮の丸いボタンを左に回しネジを外し開く。するとやっと少し厚めの、くりぬかれた白い塩化ビニールが現れる。正方形や長方形にくり抜かれた穴の下に文字が見える。

幻
月の
聖ラの
、
の、私、
夢に舌る
。、木――あ

人ののな
風、るるら
なな

（くり抜かれた穴から読み取れる文字　作品集『耳薔帆O』より）

と言う具合。塩化ビニールの下の紙には、意味のなさない文字やアルファベットがびっしりと書かれてある。半透明の塩化ビニールからも、それらの書かれてある文字は、意味は別として判読できるだろう。こんなふうに、くり抜かれた穴の下に同じように文字は埋められて続く。ビニールに直接印字されたページもある。塩化ビニールは一一枚、紙の分は（前書き）と奥付を入れて九枚。美術品の形態を合わせもった本、という感じである。中からもう一例を挙げておこう。

海遇る髭
。
の走声ぺが。
の藻

汐の弦し
悲傾るる。腕
水の、吐の
、青。　ら青の
い泡る母
（くり抜かれた穴から見える文字と塩化ビニールに直接印字された文字）

これほど印刷屋泣かせで、装幀も含めてこれほど前衛的な「作品集」もないだろう。黒部は「暦象」64号（一九六九）で、自作の「作品集『耳蕾帆O』」について語っている。
「作品集『耳蕾帆O』は、新しい詩空間展開への一つの試みであり、詩が、いわゆる『私自身の言葉』から解放されることによって捕らえることのできるものは何かという問いそのものです。」

「『耳薔帆O』の投げ出された空間は、いわば外側の言葉で埋められています。それが私の内側とぶつかって、僅かにみせる閃きの座標こそ私が真の『私自身の言葉』と呼ぶべきところのものが生まれ、そして死ぬ場所なのです。」

「夢の中に隠されていたものは、外からの視線によって少しずつあばかれるでしょう。私は、私自身を失おうとすることによって、私の思考や感情、意識のすべての源泉である私、純粋な、最後の私と出遭うことができるでしょう。そしてそれはもはや私に属してはいず、事物の側にもなく、そのあわいに揺動し明滅しながら、ある瞬間にふと姿をみせる『開かれた空間』ともいうべき、未知のイメージです。それは又事物から発し、私がうけとるまでのあいだの、言葉にならない言葉、あの名づけがたい時のまなざしに似ています。」

黒部の、作品集にたいする情熱のほとばしりを感じさせる解説である。独断でまとめてみると、作品集は、①『私自身の言葉』から解放される問いである。②真の「私自身の言葉」とは、外の言葉と私の内側の言葉がぶつかって生まれる。③夢の中でのように、私自身を失おうとすることによって姿をみせる、どこにも属していない未知のイメージ。

また、「アルファ」29号（一九六九）では「―作品集『耳薔帆O』に関する覚書」としてこう語る。

「それは『私』に属するというより、むしろ『私』以外の自由な外の空間に属している。（略）存在の虚無の彼方にひっそりと退いていく言葉のかたちは、私にとっていちばん美しく、根源的なものに思われる。」

「作品集『耳薔帆O』は（略）その源は、この時代の氾濫し拡散する言葉の、半解体され、ほとんど日常的な意味を剝奪されたところのカオスから成り立っている。作品集に納められたのはその中のごく一部にすぎないが、それを読む人が自分の内部に開かれた窓で（作品集では、いくつかの窓をあけた塩化ビニールの板で作られている）選び乍ら詩を探しとるような仕組みになっている。ここでは作者と読者は、殆ど同じ程度に詩に参加する。」

「存在の虚無の彼方」「カオス」というキーワード。それらはいったいどこから来ているのだろうか。ここには、戦後のシュルレアリズム（超現実主義）やノイエザハリヒカイト（事物主義）といった輸入思想の間接的影響も多少あるだろう。だがむしろ黒部の、〈わたし〉に対する表現への根源的疑問がこうした言説に現れていると見た方がいいだろう。日常に生きる〈わたし〉、そこで疑いもなく使われる〈言葉〉。人間の根源的な苦悩は、言葉を持ったことだと言われる。詩人はその根源の、〈言葉以前〉のところまで降りていかなければならない。そこではじめて〈本当の自分〉に遭遇できる。そう、黒部は主張するのだ。

戦後詩の流れはもちろん、時代に蔓延する思想状況として、詩の世界だけでなく、美術、音楽、建築にいたるまである。だからわたしたちは黒部節子の詩を、時代の波のなかだけで捕えることなく、〈わたし〉を、ときに見つめ、ときに解き放つものとしての葛藤として見なければならない。

そう言いながら、黒部節子の詩あるいは仕事は、大きく見た場合、やはり戦後モダニズムの範疇に入れてもいいのではないか、と私は見る。局所に立った場合は、黒部の根源的問いは切実だ。だが一方で、大きく黒部の前衛性は、恩師の親井修や暦象の中野嘉一、あるいは同じ三重県伊勢に育った北園克衛などの〝血〟をひいて育っているなと思えてくるのだ。

繰り返すが本当の黒部の詩は、その奥からやってくる。没後に刊行された唯一のエッセイ集『遠くのリンゴの木』（二〇〇四年・アルファの会）で黒部節子は、象徴的な言葉で語っている。

「ただ私は考えている。私だけは帰ってゆかねばならないと。年とった父母のためにというこ

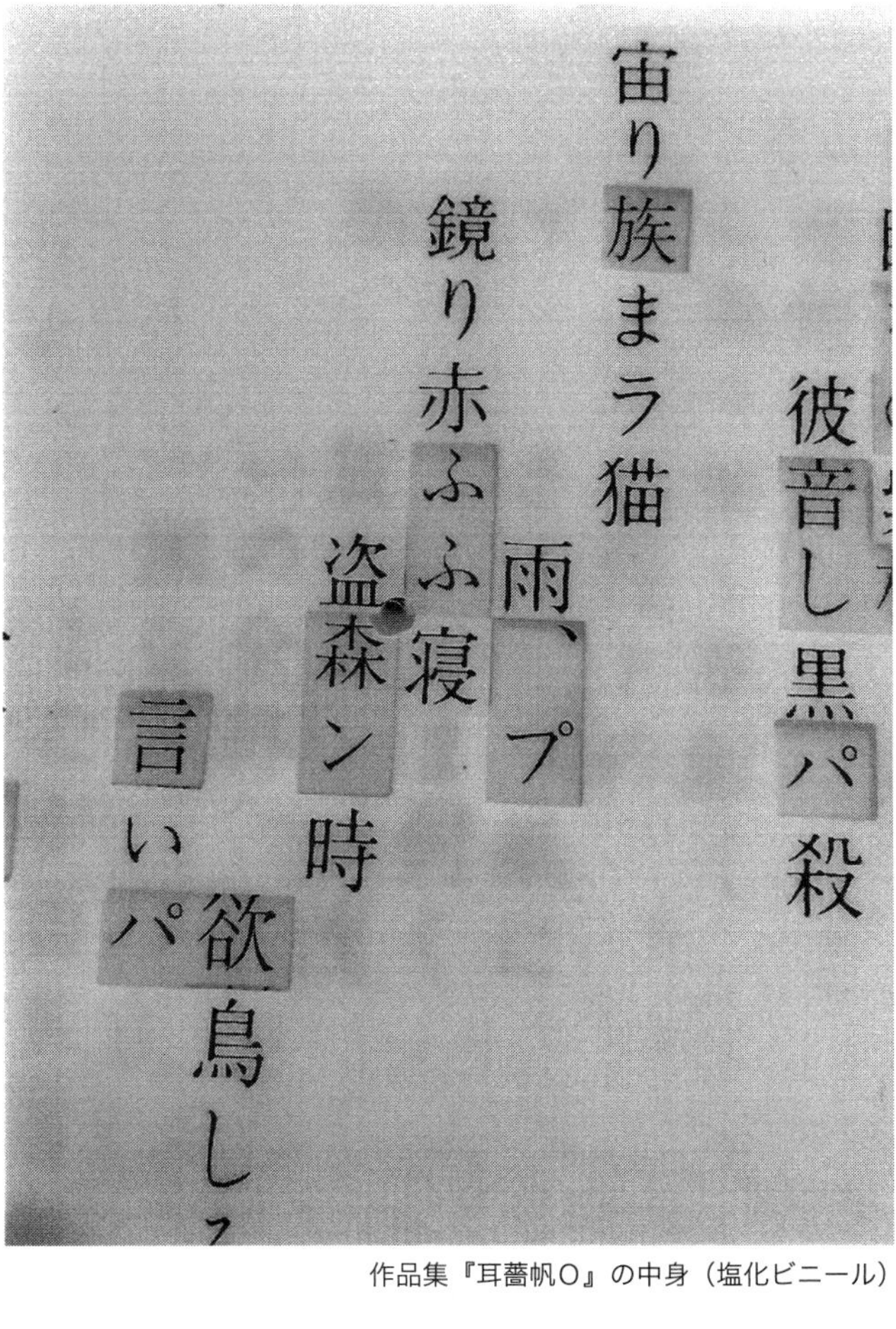

作品集『耳薔帆O』の中身（塩化ビニール）

ともあるが、むしろ私自身のために、この『ふるさとの家』を最後にしっかりと見届けたいと思う。がらぁんとした大きな古い家。その部屋や廊下にじっと立ち止まっていると、遠くなった川の音がまた聞こえてくるかもしれないのである。」

第二章

作品集『耳薔帆 O』

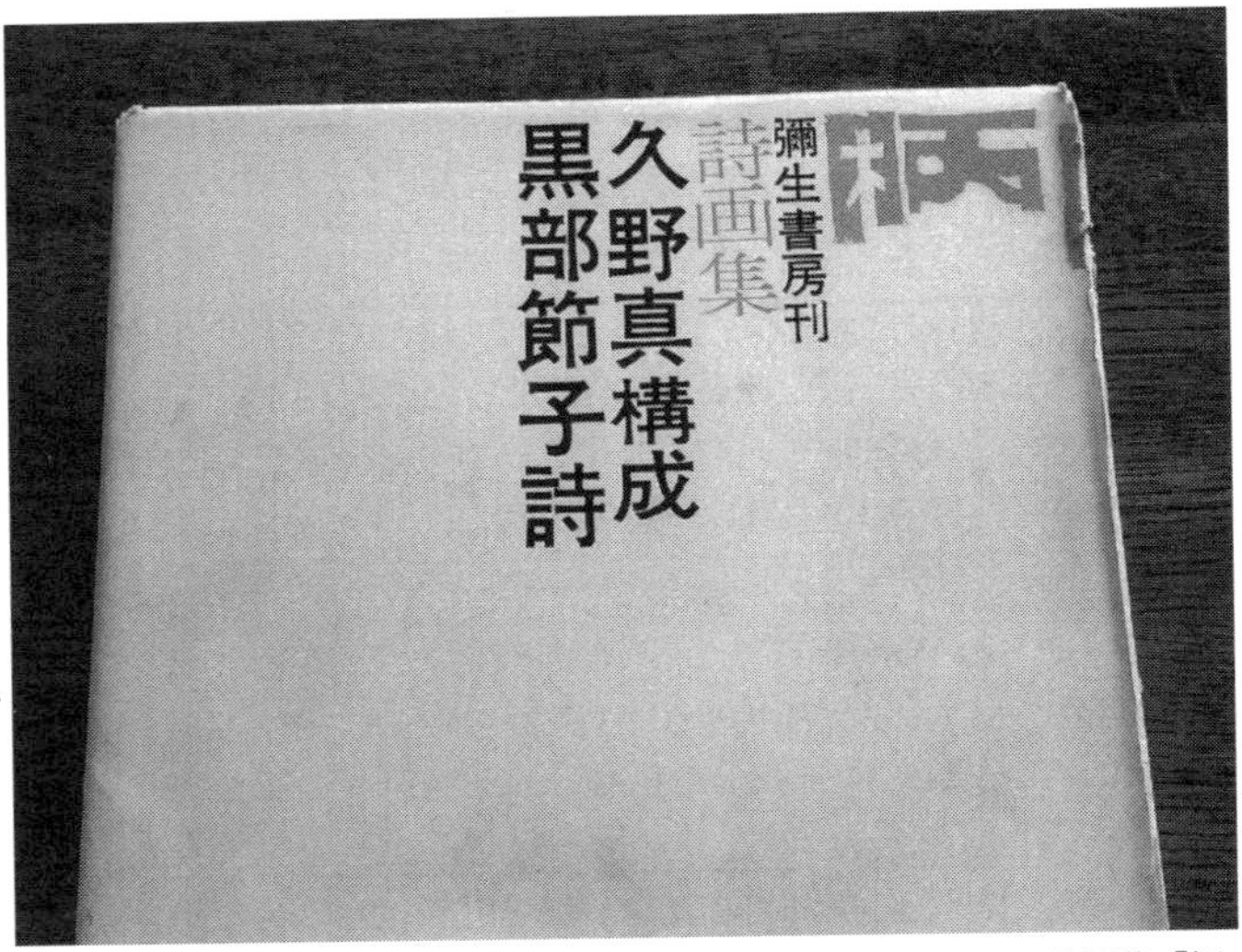

詩画集『柄』

詩集『いまは誰もいません』

1　詩を読み解く

――詩集『白い土地』、詩画集『柄』、作品集『耳薔帆O』、詩集『いまは誰もいません』を基に

■眠れる詩人

詩人・黒部節子は一七年以上、ずっと眠りつづけている。

空には
劇場がある

砂漠は晴れていて
森は曇っているという
子供は死んでいて　鳩は
生きているという
どちらが本当なのかわからない

でも
〈夜も昼も〉
と叫んでいる声がする

（「空には」全文、詩集『まぼろし戸』一九八六年刊より）

黒部節子がめざましく活躍していた時代があったことを、いまは一部の人以外、すでに忘れてしまったかのようだ。かく言う筆者でさえ、そうした事実は又聞きでしかない。

黒部節子については、一九八六年の『まぼろし戸』（日本詩人クラブ賞）、一九九六年の『北向きの家』（土井晩翠賞）の、比較的最近の詩集でその魅力の一部が知られるだけだ。それさえ周囲の友人たちや家族の尽力で出来た詩集であり、本人は知ってか知らずか、すでに眠ったままだったのである。

＊　＊　＊

この不思議な詩は、一九七二年一二月、「アルファ」38号に発表されたものである。一九七二年のころ、黒部は一回目の脳内出血を起こしており、同人の永谷悠紀子[4]によれば、この詩はその一回目の病で倒れる以前のものではないかと言うことだった。

死を書く詩人は多い。けれども、それらはどれも正確には「死」ではない。それは生からの想像であり、死へと近づく過程でしかない。黒部の詩は、やはり正確には死とはいいがたいけれど、いわば、死をいったん通過したようなリアリティを持っている。受賞した土井晩翠賞の選考で宗左近が語っているように、「ほとんど〈死者から生者への鎮魂〉なのである」という言葉は、端的に黒部の詩の特徴を言い当てている。

病に倒れたとき、彼女は何を見たのだろうか。たぶん、ことばに文節される以前の世界を垣間見たことだろう。そうした言葉を回復する過程で、彼女の詩的才能が開花していく様を見るのである。黒部ほどの才能だから、病がなくても年とともに、ひかった、上質な詩が書かれただろう。が、皮肉にもと言うべきか、詩の女神は彼女に別の道を与えたのである。

「空には」という詩の、その世界は「虚」を描いているように思える。われわれが生きている表の世界ではない。だが死という、明確な裏側の世界でもない。ぼんやりとかすんだ、いわば、ひかりを吸い取った障子を連想させる世界である。外の景色は見えない。けれども、室内からはひかりに縁取られた景色がうっすらと思い描かれるのである。

「虚空」という言葉がある。大空のことだと言われるが、「広辞苑」では仏教用語として、「一切の事物を包容してその存在をさまたげない無為法。空間」と説明されている。拡大解釈すれば、空の高みの奥に、古来ひとは「包容」される言い知れぬなつかしさを感じていた、と言えないだろうか。黒部の詩は、そうした「虚」へと通じている。

■死とフォークロワ

黒部節子の詩的出発は、一般の詩人に比べれば早いと言えるだろう。「暦象」主宰の中野嘉一のもと、二五歳で詩集『白い土地』を出版する。

白い空の消えるあたり
早い晩餐がひらかれた、つつましい
虹色の椅子やテーブルの上で

4 黒部晃一氏によると（後日）、「入院中の画帳にその原型がある」という。初出「アルファ」38号の旧タイトルは、「空には」ではなく「詩」となっている。

空腹の天使は空ぢゅうに
つめたい海盤車をこぼしていった
海が光り出す前に

陸地のつきるあたり
一面の草原の乾いた風の中を
短い葬列が過ぎていった
遠い海へ棺がはこばれた

太った父親と喪服をきた乳母のまえを
恋人だった少年は勇敢に草を開いていった
すぎさるあとから　ひかる瞼のやうに
高い草はふたたび閉ざした
死んだ小さな娘は涙をこぼしてゐた
天使たちは冷淡だった

雲と風にふくらんだ髪を梳き
早い食事のあとかたづけが
彼女の日課だった、固い皿やコップの内側には
いやらしい天使たちの歯型がついていた
海の光り出したころ
海に細い墓標が立った
乳母はコスモスの花を投げた
少年はアマリリスの球根を投げた

少年はちいさな悔恨をなげすてた
燃える書物をなげすてた
燃える夢、多くのまづしい計画を
海が陸地を犯しはじめるときだった

（作品「物語」全文　詩集『白い土地』一九五七年刊より）

黒部の詩は、初めから高いレベルに達している。若書きの修辞も含めて、筆力と若さとが渾然とした魅力となっている点にまず、驚かされる。

それよりも、この「物語」という詩が、最初に提出した詩、「空には」(詩集一九八六年刊に収録)に非常に似通った構成を取っていることに注目したい。詳しくは論じないが、黒部が早い時期より死のフォークロワ(民話)とでも言える世界を意識していることがわかる。あるいは育った時代や土地の(彼女は戦争を体験し、身近に戦死者がいたのかもしれない)、実際に見た死というものが影を落としているのかもしれない。が、詩のなかの死は抽象化され、物語へと昇華された世界である。そこでは、ほとんどと言ってもいいほど作品に空が現れ、その空はイコール死をイメージし、空の天井に映るようにして物語が始まるのである。

いつ、どこでも
わたしはあの男をみるだらう、公園の
石のアーチから流れるギリシャ風の
金色の雲の下でも
子供たちのさざめく古いミモザの

繁みの中ででも
どんな爽やかな夜、羽撃く朝にでも
私はあの男をみるだらう
ふき消してもふき消しても顕はれてくる
ガラスの上の文字のやうに
昨日よりくらい今日、けふより
みにくい明日の中で
けいれんのごとく私を捕らえるもの
あの男の眼を
貧しいやすらぎの淵からはみだしてゐる
ひきつった眼の男たちを

（作品「地上のアリア」部分　詩集『白い土地』より）

■あの男

「あの男」とは一体誰だろう。

この詩の構成を考えるとき、「あの男」という黒い一点があることで、黒部節子の世界はかえって謎めき、ふくらみを増してくるように思われる。それはつぎの詩でも言えることだが、目に見える世界のむこうに、見えない「虚」の世界を見ている。あるいは、ことばがそっと「異界」に触っているのが見て取れるだろう。それはたわんだ逆三角形のような世界である。黒部節子がそのように感じ、ことばにしていることに驚かざるをえない。

花と花とを
みしらぬ空気でつなぎながら
光りと光りとを
みしらぬ果実でつなぎながら
春浅い果樹園をつくるやうに
詩人は言葉と言葉を　わたしたちの
めぐる血液の中で成長してゐる
みしらぬ記憶でつないでゆく
（中略）

——空は睡る街をながし
街の上には細い道がふくれあがり、空のむかうには
遠い山脈がひかっていた
内と外はいつかつながれ　男は
自由にそのあいだを通ることが出来た
ちょうど幼児が　ねむりと
めざめの間を飛びかうように——だが
さうした中でではないのか、おそらく
わたしたちが歌ひはじめるのは、そして
ながい間のさみしい孤立のあとで
二つのものが愛しはじめ
むかひ合うのは
花と
花、光と光をつなぐやうに
すべての存在は青い縞になって

朝日の中にながれだす、そしてわたしたちは
その中に立って
自分が忘れられてしまったのに
すべてが感じられるやうな　はりつめた
透きとほった輪のなかで
ためらいもなく生きはじめる

（作品「輪のある世界」部分　詩集『白い土地』より）

集中の「みしらぬ空気」「みしらぬ果実」「みしらぬ記憶」あるいは「内と外」「ねむりとめざめ」といったことばは、「虚」または、「正」と「反」の世界といえるだろう。それは「透きとほった輪」を通して互いに行き来できる世界である。虚無の世界というのではない。それどころか、「すべての存在は青い縞になって」「朝日の中にながれだす」、あかるい世界なのだ。けれども空色をしたあかるい世界の裏側に、黒部節子は明確な死の色を見ている。

（前略）

けれど降りしく雪に　つばさは
鉛よりも重いのだ
夜はもう終わりに近づいているのに
まだその固い不遜な種子は
光の中に開かない
出口のない
こごえる子宮の中で
雪にうもれ
やさしいものはあらかた死に絶えた
肉片のやうに
大きくよじれる大地　または
樹は枝々を天に烈しく
呻きながら突っぱってゐる
（中略）
光りがふりそそぐ

だがいつかおまへは盲ひの鳥
傷つく羽、空ろな眼に
そして毀れたあかるい地球に
雪は降りしきる
光りさんさんとあふれる中を
夜よりも
鉛よりも重く　ふりしきるのだ

（作品「夜明けの鳥」部分　詩集『白い土地』より）

この詩ほど当時の黒部節子の世界を表している詩はないだろう。同時にこれほど残酷に彼女の未来を語った詩もない。師の中野嘉一は、詩集の短い序文で、「記憶が精神内部を通過する時間の美しい屈折、投射がふしぎな心理的魅力となっていることである。」と述べているが、これらの詩はすでに「自我」などではない。自我を超えた虚の世界であり、あかるい神話のなかに、黒部の予感の鋭さを聞くのである。

神話とはおそらく、過去、現在、未来をすべて含むものであり、黒部節子の詩は、優れた詩が多くそうであるように、予言たりえている。

■節子の死

二〇〇四年二月十一日、黒部節子が亡くなった。この論の二回目をもっと早く書くべきだったと悔やまれてならない。同年の五月二十二日には、身近な人を中心に追悼の会が開かれた。

■「溶ける私」

アルファ同人である岩崎宗治氏は、黒部節子の出発点は、シュルレアリスムであると位置づけている（「アルファ」145号）。もともとブルトンらのシュルレアリスム運動は、夢や連想など無意識の世界に通じ、「精神の自由」を目指した運動である。

遺稿エッセイ集『遠くのリンゴの木』（二〇〇四年、アルファの会）で黒部節子は、大学時代のゼミで萩原朔太郎を、卒論で「近代詩の隠喩」を選んだ、と書いている。また、中野嘉一の「暦象」に入って当時流行ったイマジズムや新即物主義を学んだとも言い、「新しい現代詩をどんどん吸収しながらも、やはり朔太郎あたりの韻律からどうしても脱け出せなかった。（同エッセイ）」と証言している。

このことは、彼女の詩的出発やその後の詩観を解く鍵になるだろう。シュルレアリスムの夢の追求にしても韻律にしても、黒部節子の詩の根底を形造るものであるからだ。重要なことは、彼女がそれらの受売りで終わったのでなく、それから出発して独自性のある詩の世界を創り上げてきたことである。

一九六六年に出版された詩画集『柄』は、一九六五年、朝日新聞日曜版に、週一回、一年にわたって連載されたものである。久野真氏の「千鳥格子」など、きものの切れ端などを使ったコンポジション創作と、黒部の詩がそれぞれ独自の主張をなしている。五〇編のこれらの詩は、彼女の詩想が自由に飛び跳ねているようだ。

よるは水の匂いがする
もうながいあいだ　どこかで
洩れつづけている
くらい蛇口がある

忍びこむおずおずした水がある

少しずつ濡れてゆく石
犯されてゆく叢《くさむら》
そしていつのまにか　闇のなかに

溺れてゆく悔恨の
庭がある
たれもいない
ただ　大きなしめった耳が
きいているだけだ
沈んでゆく屋根の下で
だからひとは　さみしい
水中花のような夢を
みている

（作品「桐」全文　詩集『柄』より）

あとがきで彼女は、「誰にも判る易しい言葉、簡潔な文体で、しかも詩以外のものでは決して入ってはいけない或る世界を表現したいと思った」と述べている。

朝日新聞紙上では「余りにぞうげの塔にとじこもりすぎて、一般読者とのコミュニケーションを失ってしまっている現代詩というものを、この機会にもう一度考え直してみたかった。」とも述べている。

■実験詩、難解詩のなかの「私自身」

一九六六年前後と言う時代は、六四年の東京オリンピックを時代背景に、詩の世界ではシュルレアリスムの詩をもとに、実験的な詩、難解な詩がもてはやされた頃である。加えて西洋の新しい哲学概念が入って詩のあたらしい波がやってきた時代でもある。詩の読者は今までも、そして今後もないだろうと思われるような盛況を呈したと聞く。

その頃企画されたこの連載詩は、黒部節子にとってひとつのエポックであったように思われる。言わば黒部の培われた詩的土壌に、本来の才能(遺伝的素質も加わった、育った環境)が融合した瞬間だった。そこには後の詩集『いまは誰もいません』や『空の皿』『まぼろし戸』に出てくるようなイメージが見え隠れしているのである。

誰れだろう　遠くの方で
みえない指が
そっと　闇をつまびくと

こんなに離れたところで
熱いわたしの夜は　泡立つ
ひそかに　はげしい弦のように

わたしは聞く　ふかい闇のなかに
あなたがまわす椅子のきしりを
閉ざされる戸のおと
ふりはじめる雨
あなたの　とおざかる声を
ああ夜　このはてしない楽器

あたたかく　暗いうつろに
抱かれていて

（作品「そろばん玉」全文　詩集『柄』より）

おそらく、ここで黒部節子は「自身」と出会ったのだ。いや、むしろ「自身」が溶け始めたと言うべきかもしれない。無意識と言う、ユングのいう自分が何者かと溶けあうところへと。作品「そろばん玉」に見られる「みえない指」や「夜」という「はてしない楽器」はその象徴であるだろう。

手元にないので残念だが、その三年後（一九六九）に出された実験的作品集「耳薔帆O」がある。これは「作品集」であり、そのためか『』ではなく「」付のタイトルに、彼女のこだわりが見て取れる。中日新聞「戯評　東海の詩人十人」（昭和四七・七・一七）には、（K）という署名でこんな説明がある。「十数枚のカードに、無秩序に並べられた文字群が印刷してある。その群れから幾つかの文字を選ぶために使用する「窓のあけてあるプラスティック板」が用意されている。読者はその板を文字群の上にあて、勝手にずらしながら、窓を通してある文字との出会いを楽しむというしかけになっている。」

「アルファ」２９号（昭和四三）にその一部が掲載されていて見ることができた。

「例」（塩ビ板にあけられた窓より見た作品の一部）

砂の夢
のの、響
紫雨壁
幻Ｄ
流
ヴ。ら
木
他ら

（「アルファ」29号に掲載分・一部　のち作品集『耳薔帆Ｏ』より）

言葉の断片ともいうようなこれら「作品」は、黒部によると「もっとも素朴で馬鹿げた方法」

(同誌覚書) 意識によって書かれた。つづいて「その源は、この時代の氾濫し拡散する言葉の、半解体され、ほとんど日常的な意味を剥奪されたところのカオスから成りたっている。」と言っている。これからもわかるように、その方法意識はきわめて明快である。詩画集『柄』で見出した「溶けた私」をさらに進めたのが、作品集「耳薔帆O」だった。

事実、「そして私のいちばん暗いところにある深い声、私の中にかくされている「私」、私の知らない「私」を見つける。」と彼女は書き、「私は書くのではなく、書かされる。或いは創るのではなく、探すのである。」と加える。

言葉というおおきな世界に身を委ね、そこから返ってくる「なにか」を受け取ろうとしている。それは彼女にとって、とても自然なことであった。周りからみれば、それはシュルレアリスム的な行為であり、ユング的な解釈もなされようが、それが彼女のオリジナリティの源であったのだ。「存在の虚無」「沈黙の自由、美しさ、深さ」(同誌)を黒部節子はあえて求めたのである。

■深い「私」のなかにある「家」

それではこの時代の状況にまったく影響されていないかと言えば、嘘になるだろう。端的に言えば、「自我を疑う」という、この時代を席巻したポストモダニズムの洗礼を彼女も受けているように思われる。だがおもしろいことに、この時代の詩人たちが難解な、修辞の込み入った表現に傾《なだ》れこんで行ったのに対し、黒部のかぶった波は、彼女の身辺を洗い出し、さらに深いところにあった「私」を曝してきたのである。

黒部節子が一回目の脳内出血で倒れたのは、四作目である作品集「耳薔帆O」(一九六九年)を出版した三年後の一九七二年。第五詩集『いまは誰もいません』(中日詩賞)の出版は、その二年後の一九七四年である。

強調したいのは、詩集『いまは誰もいません』は、実験的な作品集「耳薔帆O」を出版した年の、一九六九年から書き始められたということだ。つまり『いまは誰もいません』のもとになる作品は、五年にわたり、「暦象」「湾」「アルファ」「詩表現」等の詩誌で書かれ、途中、脳内出血で倒れながら書き継がれ、詩集にまとめられるという経緯を辿っているのである。

「私のいちばん暗いところにある深い声、私の中にかくされている〈私〉、私のしらない〈私〉」を見つけ出した黒部は、こう表現する。

いません
お母さんはいま　いません

姉さんはさっき川へごみ捨てにいきました
ユーちゃんは町へ自転車とりにいったわ
いまは誰もいません　信ちゃんも
（信ちゃんはお嫁にいきましたから　でもと
ても遠いんです）
　（中略）
あの日は裏の川で
人が溺れました
赤い　乏しい火のような花が咲いて
信ちゃんが泣きながら走ってきました
泳いでいた人は材木の下敷きになって
そのまま木とからだの十文字のかたちになっ
て
裸かで死んでたんだそうです
そのひとの胴には縄がしばってあり

あれはたぶん夏で
木戸のおばさんがまだ元気で
草の向こうに立って
こちらを見ていたんです
　（中略）
そしてとても近くで川の
音が聞こえてきます

姉さんは　姉さんはまだ帰りません
あの日姉さんは川にごみ捨てにいったままま
だ帰ってきません
おととい姉さんは川にごみ捨てにいったまま
まだ帰ってきません
きのう姉さんは川にごみ捨てにいったままま
だ帰ってきません

きょうも姉さんは川にごみ捨てに行ったまま
まだ帰ってきません
裏の細い道をずうっといくと　黒い土手が向
こうの川原をかくしているでしょう?
川原へ降りると背の高い草が茂っていて
川は見えないんです
でも姉さんはいつもこの道をいくんです　両
手にポリバケツをさげて　つぶった目で草を
わけて
(草たちが左右にかすかに割れて　ピンが一
つ落ちています)

体をかがめると
アレチノギクの茎のあいだから　ほら
お腹の固い魚のように

川が光ったり
翳ったりするのです

（作品「川の音」部分と終わりの連　詩集『いまは誰もいません』より
著者注：改行、行の字数は原典のまま）

長編詩、「川の音」を何よりもまず紹介しておきたい。三十年たってもいまだ古びない名品である。

「いまは誰もいません」と言っている場所は、「家」である。薄暗い、物音ひとつしない家。そこには「私」さえいないようだ。主体は「家」であり、「川」なのだ。そこで語り手は独白する。「姉さん」や「信ちゃん」やたくさんの人たちのことが語られる。すぐ前に語り手がいて、私たちは座って聴いている観客のような錯覚を覚える。

けれども浮かび上がってくるのは、家のそばを流れる川と、その音だけである。家は、暗であり、川は明である。が、ネガフィルムのように読んでいくと反転するときがある。川は暗となり、家は明となって立ちはだかる。

■深層に沈む家

それが黒部節子の技であるのかもしれない。ここでも「虚」が存在している。黒部はここで、現実と虚のはざまにある、「家」を発見したのである。

心理学的に解釈すれば、川は死であり、家はそれを包む深層の象徴だろうか。その「家」は黒部が育った場所であり、その入り口から彼女は、「いちばんふかいところにある暗い声」を双眼鏡のように覗き、聞いたに違いない。

いいえ階段があってのぼってゆくとたぶんまた急な階段があって
階段は折れ曲がり折れ曲がってまたまっすぐになって
どこまでいっても階段は無限に降りてきて
だんだん暗くなってゆき
だんだん遠くなり
細く！
ひとすじのくらいつむじ風になってしまうともういつか空で
(空では消えた階段である風たちが折れて消えていって)

ほら
遠くにみえる屋根裏の小さな窓から
じっとこっちをみている顔があるんですから

（作品「階段は途中で」後半　詩集『いまは誰もいません』より）

その家をご夫君・研二さんの案内で見ることができたのは最近である。旧家のどっしりした構えの家で、農家の間取りではない。裕福な地主だったらしい。作品「階段は途中で」に見られ、小柳玲子さんも指摘されていたように、その間取り、雰囲気はどこまでも忠実に再現されている。川は、道路工事で家が動かされ離れたが、かつては家のすぐ横を流れていたと言う櫛田川である。庭は、これもさりげなく、庭師によって作庭されたとおもわれる庭で、ぼくはここに立ってしばし感慨にふけった。

その古い家の、六畳の居間で、黒部は詩集を読み、病を癒し、詩を考えたのだと言う。失語症、右手使用不可。そうした状態で、世界がどう見えたのだろうと想像する。普通の人間とは違う回路で、普段とは違った左手で、彼女は世界を眺め、詩を新たに見出した。「家」という装置はそこでこそ思わぬ視野を黒部節子に提供したのである。

「急な階段をのぼってゆくと、二階のくらい窓から草原が見え、ぼんやりとした川が見えます。そのずっと向こうに、うす墨をはいたように鉄橋。今、小さな灯をつけた汽車が神山《こやま》さんの麓にかくれてしまうと、急にあたりが暗くなりました。」

(エッセイ「乗客ひとり」「詩学」昭和五四・七月号より)

2　詩を読み解く　―詩集『空の皿』、詩集『まぼろし戸』を基に

■「溶ける私」と夢まぼろしの往還

一九八六年に『まぼろし戸』（花神社）が発行された時、黒部節子は五四歳だった。そのことに軽いショックを受けた。第一に、一九八五年以来ずっと、彼女は病床にあったということ。第二に、（私は来年同じ歳になるが）先に触れた詩集と自分の作品と比べたとき、それだけの作品が自分に書けているのだろうかと言う疑問と落胆である。もちろん、天賦の才能をもった黒部節子と比べたってだめだよ、という声がきこえるのも当然なのだが。

それよりも前号でも触れたように、これらの作品群が、最後の詩集も含めて、一九七二年に一回目の脳内出血で倒れた後、闘病生活のなかで書かれたという事実が私を圧倒する。
だからというか、これらのすざましいまでの世界―、一九八二年に発行された『空の皿』と一九八六年の『まぼろし戸』―は、ほぼ同じ時期に書かれた、いわば双子の詩集なのである。

黒部晃一氏の作成された、黒部節子作品初出一覧を参考させていただくと、『空の皿』に収められた作品群が一九七四年から八一年の八年間の成果だとすると、『まぼろし戸』は

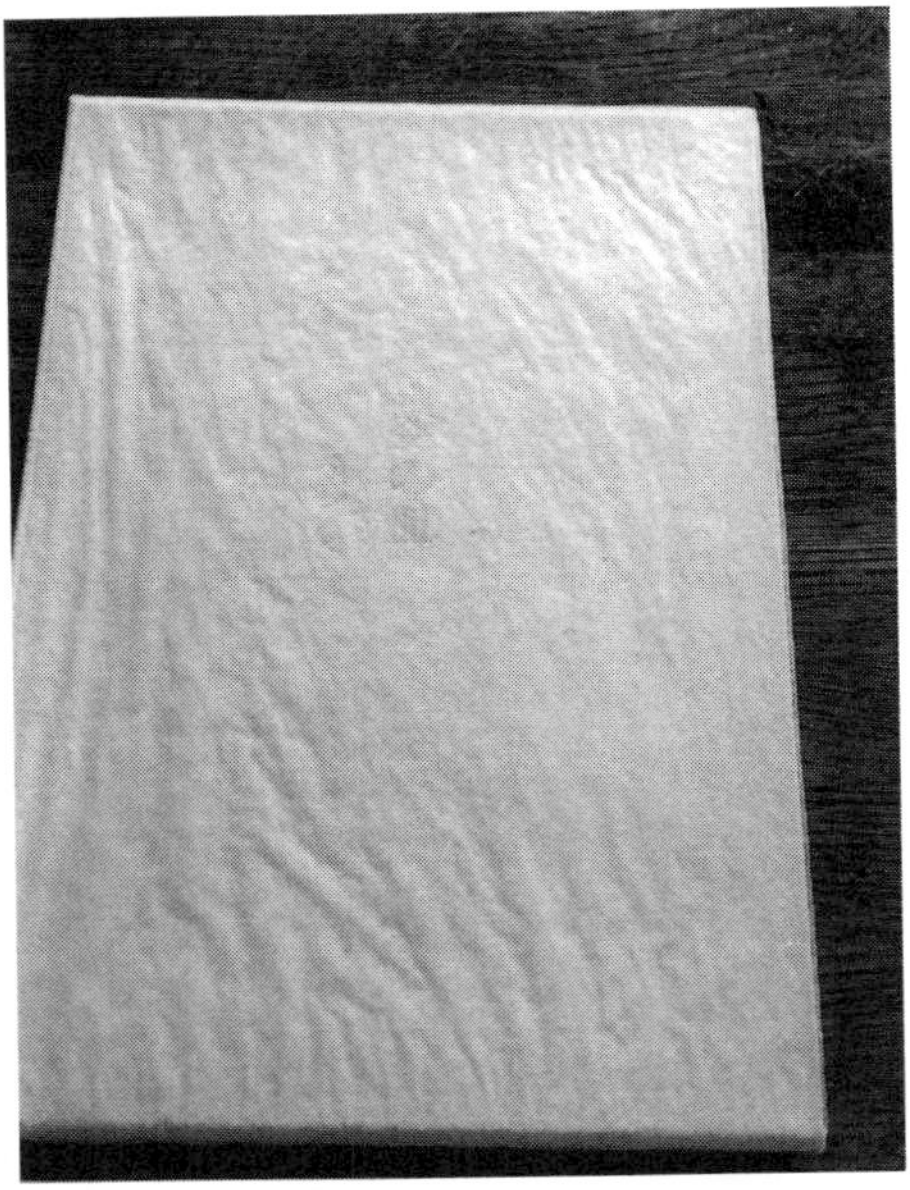

詩集『空の皿』

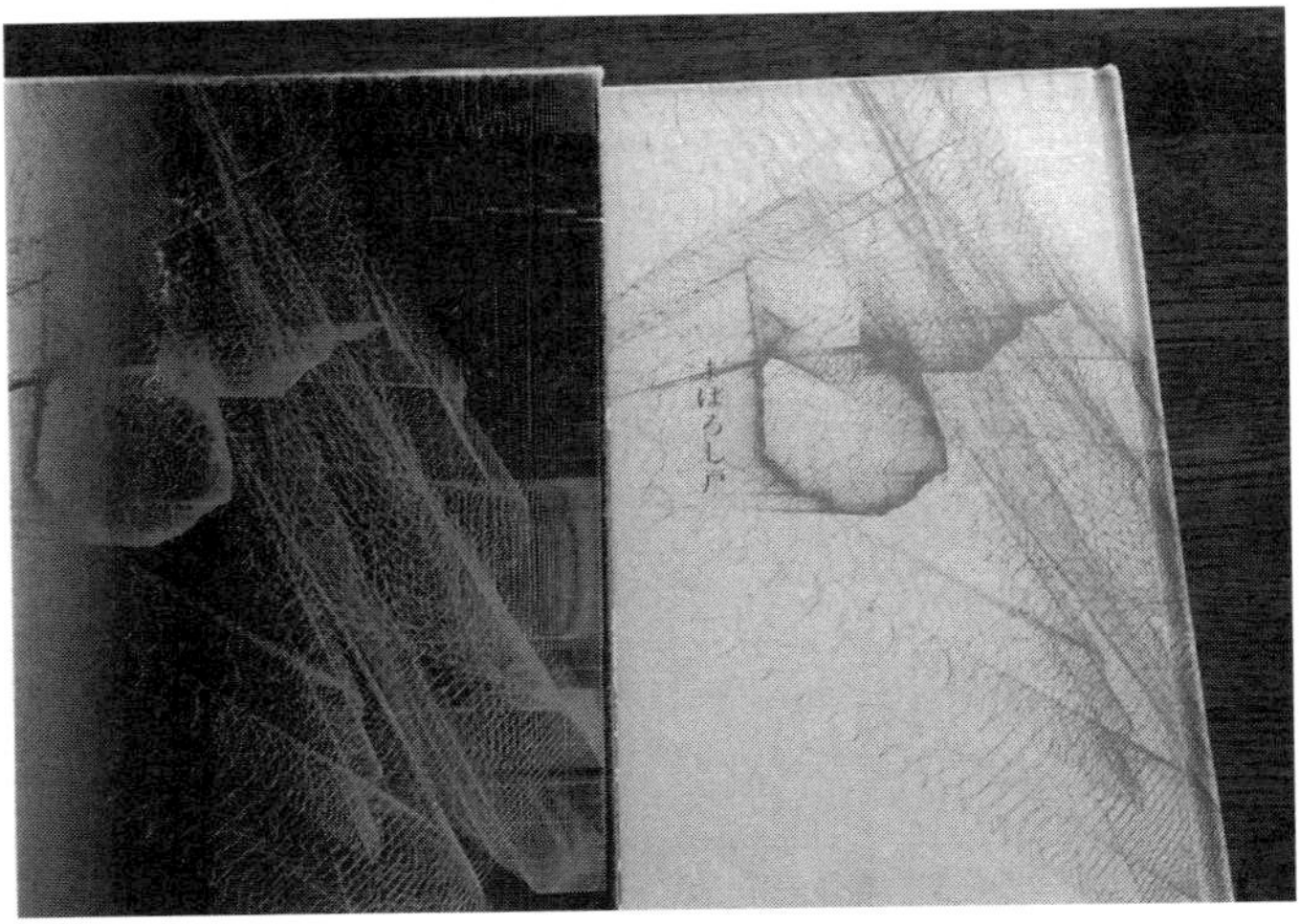

詩集『まぼろし戸』

一九七二年から八四年のほぼ十三年間の成果である。そしてこの二つの詩集は、最後の『北向きの家』も含めて、よりほの暗い深さを秘めた「夢まぼろし」の世界に入り込んでいったのである。

である　って言えませんでした
であった　って言えませんでした
「私は」と言ったきり　それきりで　たとえばむれてゆれる消えそうなあせびの茂みなのかもしれなかったのですから

でも私はそうして立っているんです
三億年も　もっとまえから
「私は」と言いさしながら　まだ　何も言えないのです

○

夜がきました
小さな嵐でした
大きな木がちいさな木を
より小さな木がもっとちいさな木を
かばい　重なり　抱きあいました　それは一つの影のよう
または一つの闇　一つの深さそのもののようでした

私にはわからないのです
さだかでない　くらい　まだ他者といっしょになっている空間

私はそこで木なのですか
それともぬれている一むれの風にすぎないのでしょうか

（作品「私はまだ……」全文、詩集『空の皿』より）

この詩がどこに発表されたのかわからない。ご子息の黒部晃一氏によれば、「詩学」ではないかということだが、一九七〇年から一九八〇年の「詩学」誌上を当たってみてもそれらしいものは見つからなかった。[5]

だがそれより重要なことは、この世界が、私と他者を分かつことができない「溶ける私」(「アンドレ」6号でも言及)に、気の遠くなるような仕方で入っていく、その入り口の詩だということだ。おそらく内容から憶測すると一九七二年に倒れた後の作品ではないだろうか。そう思わせるに十分な、定まりのない不安感と、それゆえの「三億年も　もっとまえから／「私は」と言いさしながら　まだ何もいえない」ぬきさしならない気持ちで出口を求めてもがいているのがわかるのである。その惧れの感じは、死の淵に本当にたった人間のようでもある。そのとき黒部は、「さだかでない　くらい　まだ他者といっしょになっている空間」を見たのである。

南米ウルグアイ生まれの詩人、シュペルヴィエルの「動作」というよく知られた詩には、「うしろをふり向いたその馬は／誰も見たことのないものを見た。(飯島耕一訳)」という行がある。シュペルヴィエルの見たそれは「あるもの」であるが、黒部のそれは「空間」である。その「空間」を見つめる「溶ける私」の感じ方は、ある意味、シュペルヴィエルよりも凄みがある。

5　その後、初出は「暦象」74号であることが判明した。

■謎解き遊び

詩集『空の皿』は、恢復期にある黒部が、自分で編んだ詩集である。前詩集『いまは誰もいません』と同様、自分の生、とりわけ黒部の重要なキーワードである「家」を回想する構成をとっている。

　戸をそっとあけると　中は意外に明るいんです。椅子がひとつ　こちらを向いているきりで。そのむこうは小さな机があって　半分あけたままの引き出しにはゴム紐が入っておりそのむこうの棚の上に白いシクラメンの鉢がまだつぼみのままで。ええ　棚の上に白いシクラメンがまだつぼみのままで。そのむこうには小さな机があって　半分あけたままの引き出しにはゴム紐が入っており　そのむこうには椅子がひとつ　あちらをむいているきりで。

　一ばん向こうの戸の影から青い顔がじっとこちらを見ているんです。顔の後ろにあるのは夕暮れの西の空か　それとも薄暗い樹の枝なのか　ほんとうはよくわからないんです

（作品「戸をそっとあけると……」全文　詩集『空の皿』より）

よく読めば、この詩が単に家の内部を描写しただけの詩ではないことがわかるだろう。「椅

子」「小さな机」「半分あけたままの引き出し」「ゴム紐」「白いシクラメン」という五つの単語。これらの物たちを、近くから遠くへ順番に視野に入れながら、「ええ」という間投詞を挿んで、同じ五つの物たちはさらに奥に存在する構造である。それはしかしまったく同じ向きではなく、最初のは「椅子がひとつ　こちらをむいているきりで。」とあり、反転する形でなる描写は「そのむこうには椅子がひとつ　あちらをむいているきりで。」（筆者傍点）としている。この単純だが考えられたシンメトリックの差は何なのだろう。そこには見えない鏡があって、むこうに、同じものが背後から映って続いていると見るのが自然だろう。

黒部節子はこのように自分でも謎解きをするような〝あそび〟をしている。見えない鏡をわからないように置く。それは同時に記憶として機能する鏡であるのかもしれない。あるいは記憶は時間につながるのかもしれない。

だがそれだけだろうか。「一ばん向こうの戸の影から青い顔」が覗いている、その顔は、反転した（記憶の、あるいは時間の）鏡のなかの「青い顔」である。「顔の後ろにあるのは夕暮れの空か　それとも薄暗い樹の枝なのか」という、逆光になった見えない、何者かわからない顔……。

戸をあけた明るさのなかで、向こうがわは自分が溶けていきそうな、現実とつながっていながら、だが現実ではない薄暗さ。その静謐な怖さが行間からしのび寄っているのである。〝青いろ〟が、このころから黒部の詩に登場しだす。

部屋を出ようとするとき　ほんのちょとのあいだだったんです　急に　なにかがわたしを呼んだのは。
それは　まず　青いいろでした。つまり　げんみつにいえば青もの　青いようなもの――
（作品「部屋を出ようとするとき……」冒頭部分　詩集『空の皿』より）

この詩もそうだが、黒部の詩は、西洋のおとぎ話やたとえば「不思議の国のアリス」のような感覚を味わうことができる。詩の〝青いろ〟は、生き物のように作者の周りで現れたり消えたりする。

青いろが呼んだとき　でもわたしは息をとめて　そっとうしろをみました。青いろはすぐそこにいました。青いものといっていいくらいでした！　背は小さな子供ぐらいあり　巾はよくわかりませんでしたけれど一かかえもする分量で　かすかに　輝いているようでした。

空のものだなんて（あんなにいつも逃げてゆく速さと同じだなんて）とても思われませんでした。

（作品「部屋を出ようとするとき……」部分　詩集『空の皿』より）

■どこかで見た光景

黒部は言葉を換えて、「青いろ」を描き出そうと努める。それは「空のもの」だったり、「青い椅子」だったりする。その椅子の上に突然、作者は「姉さん」を見る。

姉さんが編みものをしていました。ものをおともなく動かして（椅子と同じ毛糸で）下をむいたまま。姉さんの足のスリッパがとても大きく見えます。姉さんはスリッパを編んでるんでしょうか。ちがったわ。姉さんはスリッパなんか編んでいません。夕方の遅い光がどこからか落ち　小さな子がうしろをむいたまま　リボンを　いいえ　小さい子なんていないわ。椅子のむこうに窓があるでしょう。窓のむこうに樹が二本あるでしょう。ほら　二本の樹がゆれているでしょう。いいえ　違います。二本の樹はきっと絵にかいてあるんです。ほら　この絵の中に。この絵のずーっと小さくなってゆく森の中に　夕方の遅い光がどこからか落ちて――

（作品「部屋を出ようとするとき……」部分　詩集『空の皿』より）

この奇妙な錯覚。だがくらくらする頭のなかで、われわれもどこかで見たことのある光景だという思いがする。二〇世紀に活躍した、オランダの版画家、エッシャーの絵の中にもこんな光景が織り込まれていなかったっけ、と突然考えたりする。

「姉さんはスリッパを編んでいるんでしょうか。」「ちがったわ。姉さんはスリッパなんか編んでいません。」とか、「小さな子がうしろをむいたまま　リボンを」「いいえ小さい子なんていないわ。」とか、「ほら　二本の樹がゆれているでしょう。」「いいえ　違います。二本の樹はきっと絵にかいてあるんです。」などという、前言を否定する言い方で詩は進む。けれどもすべてを否定しているのではないことにも気がつくだろう。

　作者は「青い椅子」を媒介とした幻想を見ている。だからその中のものは理論的にはすべて実在していないものである。

登場する単語	実在	話の肯定、否定
姉さん	×	肯定
スリッパ	×	否定
小さい子	×	否定
椅子	×	肯定
窓（絵）	×	肯定
樹	×	肯定

このように表にすると、進行上の肯定否定の違いは、スリッパと小さい子以外はほとんど肯定するものたちである。さらによく読み込めば、作者は「動作」を否定していることに気がつくかもしれない。つまり、「スリッパを編んでいる」ことを否定。「小さい子がうしろをむいたまま　リボンを」なにか動作していることを否定。「二本の樹が揺れている」ことを否定。推論すればそれは、「動」の否定であり「静」あるいは「無」への志向である。そこでは「私」

はあいまいに溶けてしまっている。前詩集『いまは誰もいません』にある、「私」が「家の不在＝非在」へと取り替わられていることのそれは証明であり、「溶ける私」と「まぼろし」への往還がこの詩ではあらわにされていることがわかる。

幻想の絵のなかにさらに森があって、樹がある。その背後に「夕方の遅い光」が映っているのである。この光景は前記の作品「戸をそっとあけると……」に出てきた光景と通じることが思いだされるだろう。

理論的に実在しないものたちは、ほんとうに実在を否定する存在なのか。黒部節子は周りの人たちが「実在しない」と見ないものについて、「ほんとうに見える」と語っていたと言う。それはたとえば作品「塀」（『空の皿』収録）に、「たとえば存在しないといっても存在するのとどれだけの違いがあるのでしょうか」と表現していることからも窺える。

相変わらず西洋詩からの影響を受け入れる詩の流れ、西欧の思想構造やリアリズムを疑わない考えは、だから黒部節子の詩集『空の皿』について、一部には「叙情的にうつくしくなりすぎている」とか「不安や恐れという存在の深遠が見えない」という評価であった。〝存在（リアリズム）そのもの〟を疑うという考えは、期待しようがなかった。

■存在、非存在の間にある「戸」というメタファ

詩集タイトルの「空の皿」という詩を見ていこう。
この詩は前記で紹介したような、技巧も遊びもない。いたって淡白、シンプルな作品である。

電車でとおってゆくと　暗い空のなかに窓が
見えた。夜の空はほとんど真っくらだったか
ら　窓がどこからかやってきて　急にぴたり
と止まった感じだった。窓の奥の涯しない向
うで　誰かうつむいてシュミーズをつけてい
た。左の方から出てきた男が女の前をゆっく
りと横切ってゆく。窓ぎわには食べ散らかし
たものがそのままおいてあるらしい。遠くか
ら覗く格好をすると　こんどは反対に　女が
男の前をゆっくりと横切った。すると　食卓
から一枚の皿がひらひらと落ちて　割れた。

電車は透きとおって　限りなく静かだった。
空の皿はかすかな音もたてずに　窓と共にあいまいな夜へすばやくかき消された。

（作品「空の皿」全文　詩集『空の皿』より）

それにしても不思議な詩だ。夜の空に映る「窓」、男と女、そして「皿」がそっけなく登場するだけで、それ以上のなんの説明らしきものもない。だがよく見ると、前述の「戸をそっとあけると……」に構成がとても良く似ていることに気づく。それはまず異世界に通じる媒介（「窓」―「戸」）があり、そのなかの世界はどちらもシンメトリックな世界である。ここでは男と女がいて「左のほうから出てきた男が女の前をゆっくりと横切ってゆく」。それを作者とおもわれる人物が「遠くからのぞく格好をする」ことで反転行動をおこしている。「こんどは反対に　女が男の前をゆっくりと横切った」のである。

そのシンメトリックな世界をある意味で壊しているのが、食卓から落ちた「一枚の皿」である。それは象徴というより、やはり作者の眼に映じた現象なのだという気がする。そこにはなんの意味づけもないからである。その皿は割れるが、音はしない。最初から最後まで無音の世界。

空があり、そのなかに「窓」、そして窓の中の「皿」である。作品「戸をそっとあけると……」にある、「一ばん向こうの戸」のさらに奥の「青い顔」と似た構造である。

＊　＊　＊

ひとつひとつの紹介はむずかしいが、黒部節子はこの詩集で幻視して見えた事柄を頻繁に詩にしている。そして空や窓、戸、ドア、あるいは水、夢などの媒介を通して様々な存在と非存在、現実と非現実のはざまに入り込もうとする。そこでは「私」は溶けて消され、まだ誰も気がついていない「あれ」に近づこうと試みる。

わたしのなかに
ことばと影が半分づつまざったたまま
いつまでもかたちにならずに
　　（中略）
「きっと　あれだわ」
目をつぶったままで　わたしは
叫びました

（作品「また　わたしは……」部分　詩集『空の皿』より）

ことばとは、眼に見えるものの全部ではない。宇宙空間にダークマターが星の数より多く、空気のように存在すると同じように、われわれの周りにも「存在」しないもの、「眼にみえないもの」がある。

未だことばを与えられていない、それを「変なもの」とか「名づけがたいもの」とか、あるいは東洋的な感覚では「気」と人は呼ぶ。自分の中にあるものはなおさら正確なことばにすることはできないだろう。

「ことばと影が半分づつまざったまま／いつまでもかたちにならずに」と黒部は本能的に感じとっている。

それはまさに「詩」というものかもしれないし、詩はそれら見えないもののほんの一部にすぎないのかもしれないのである。

黒部節子の詩を読むとそうしたことが腑に落ちてくる。

■原初の匂いをかぎわける

一九八七年、小柳玲子氏とご子息・黒部晃一氏が編んだ詩集『まぼろし戸』（一九八六年刊）は第二〇回日本詩人クラブ賞を受賞した。前回でも触れたように、この詩集は一九八二年刊の詩集『空の皿』に収められた作品群とほとんど同時期に書かれた、双子といってよい詩集である。

これも途中で読まれる方、記憶のない方のために再度説明を加えておくと、このとき、黒部節子が四〇歳で脳内出血のため倒れた一九七二年から一五年たっている。黒部はこの授賞時で五五歳であった。さらにこの三年前、一九八五年の五二歳[6]から、亡くなるまでの約二〇年間、黒部は二度目の脳内出血のため意識が戻らなくなり、寝たきりの状態であった。

だから黒部節子の闘病以降の詩作の期間は、リハビリをしながらの四〇歳から五二歳までの約一二年間である。だがこの一二年間で、黒部は秀作を次々にものした。

ひろいあげた新聞紙の小さなきれっぱしには　「水」と四号活字が一つだけ印刷されてい
て　本の広告なのかもっと長い文章の一字なのかぼんやり考えていると　どうやらそれは掌
の中で　少しずつ湿ってくるような気がするのでした。
みると「水」の活字はもうほとんど溶けかかっていて　わたしの手をうすいインクで汚し

6　二月生まれの黒部は、倒れた一月時点では五二歳だった。

ているのが判りました。そればかりではありませんでした。魚がいたのです。それも三匹。掌の少しずつ増えてくる水の中で　魚はようやく1ミリほどの大きさになりながらいそいでいったりきたりしていました。

水の色はほとんどありませんでした。けれど魚たち　は微妙な紫いろをしていました。ときどき一匹が行方不明になってしまうのでしたが　そうすると手の端から又ちがうのが出てくるのでした。小さな水と魚たち。

はじめての水とはじめての魚たち！　掌を上にむけたまま耳によせると　かすかに魚のはねる音がして　ずっと大むかしの川の匂いが　ほっと匂ったのです。

「洪水だわ」そのとき　わたしの奥深くで誰かが叫びました。森と石がわたしの頭の中をすごい速さで通りすぎました。と　上を向けていた掌を握りしめるのとほとんど同じだったのです。結んだ手のあいだから　ぽつん　と水がおちて　そっとあけてみるとあの紫いろの魚たちはどうしたのか一匹もいず　砂のようになった活字のあいだには　指がひそかに濡れているのでした。

（「水」全篇。初出一九七五年「アルファ」47号）

この作品は、永田正男、岩崎宗治、永谷悠紀子たちと創刊した同人誌「アルファ」に連作「エスキス」と題して載せたものである。「エスキス」としたことからもわかるように（筆者注：エスキス＝スケッチ・粗描）、リハビリを兼ねての習作というほどの気持だったのだろう。

ここで問題したいのは、黒部の水と文字の関係である。新聞の「水」という文字の切れはしから黒部は水の匂いをかぐ。匂いだけでなく、水の文字からも魚の姿を連想する。（水という象形文字は、魚を、しかも三匹の魚を確かに連想させる。）その原初へと向かうすさまじいばかりの感覚と想像力。「はじめての水とはじめての魚たち！」と黒部は記すのである。

「掌を上にむけたまま耳によせると　かすかに魚のはねる音がして　ずっと大むかしの川の匂いが　ほっと匂ったのです。

「洪水だわ」そのとき　わたしの奥深くで誰かが叫びました。森と石がわたしの頭の中を　すごい速さで通りすぎました。」

筆者は、ご夫君の黒部研二氏から、黒部節子の生家で家の隣を流れる櫛田川のことを伺ったことがある。櫛田川は、あばれ川といって戦前はよく洪水を起こしたそうだ。「川の匂い」とはおそらくその櫛田川のことだろう。しかも、洪水を引き起こす荒々しいまでの「川の匂い」をもった、森と石の匂いのする川、死の匂いのする川である。そうしたところまで黒部は想像力を遡らせるのだ。想像力ではなく、それは一種の鋭い嗅覚が、とおい、黒部が生まれる前の記憶まで呼び寄せたのだろうか。「わたし」はここでも溶けて流れ出してしまう。

水への嗅覚は、また川だけでなく海の匂いの感覚へと広がっていく。

■「本星崎」連作を読む

かすかな波の音――。あれからそれらしきものを二度ほど耳にしたことがあった。紙に字を書いていた。Sara Sara と書く。間違えると、その字のまん中に、Su と線を引いて、消す。すると何かが私のもう一つのぼんやりとした闇の中で、Su と線を引いて、消している。「・・・・・・」とあやしんで、とっさに耳を澄ますのだけれど、なにもいわない。わたしが何かいったのだろうか。かすかな Sara Sara は鉛筆の音ではなかった。あれはやっぱり波の音だったのだ。すると、もういつかの夕暮れの海辺に立っていた。砂の窪みに小さな蟹が一匹いて、すぐに隠れた。あまりすばやかったので何もいなかったのだ、と思った。海からやってきた波をはだしの十本の指で受ける。半分は引返し、半分は指の下のしめった宇宙に沁みこんでゆく。Sara Sara は耳の奥で鳴っている。なぜかとても暗い。

(作品「本星崎　V」前半　初出一九八四年「アルファ75号」)

この作品は不思議な詩だ。これも連作としてIからVまで「アルファ」に発表された。表題の「本星崎」とは、名古屋市南部に位置する土地の名前である。また同名の駅が名古屋鉄道の経営する路線にある。黒部研二氏によると、「本星崎」という名前は、とくに思い入れがあるわけでなく、車でたまたま通りかかった折、バス停にその名前を見かけただけだという。電車の駅も通りかかった時目にしているが、それ以上の深い関係はないという。そのとき名前に惹かれて連作詩となったのではないかと氏は言われる。

本星崎駅周辺は、名古屋にしては珍しく東西南北には道が走っていない。実際に車で走ってみてわかったが、近くに工業高校があり、一方通行が多いこの入り組んだ道は、だから車で走るには苦労する土地である。

「本星崎、というところへいった。そこは遠くていつもはけっして思い出せないが、或るときふと気がついてみたら私がそこにいた、というような、いくぶん風変りの土地なのだ。N市からは青い旗のついたバスに乗ってゆく。たぶん海に近づいてゆく。近づくにつれてバスは少しずつ傾いてゆき、次第に速くなり、海の水がバスをしきりに引っぱっているのがわかってくる。」

と、黒部は「本星崎　I」の冒頭で書いている。

この執筆時にちょうど訪れた県立図書館では、偶然にも尾張地方の古い時代の地図が並べられていた。明治二四年から昭和一二年までに精査され、修正された古地図によると、星崎という地名は天白川《てんぱくがわ》の河口付近にあった。今でこそ星崎町あたりは工場地帯がありなにか荒廃した土地であるけれど、明治時代以前は、あるいは海に没していたかもしれない。東には鳴海という地名、また周辺に、大高、浦里、作の山、伝治山という地名があり、実際にこのあたりは周りに比べてすこし坂をかせがねばならない。西には桜台という小高い土地が存在する。今、名古屋港に注いで流れる天白川は、昔はもっと上流のほうに河口があったであろう。つまり星崎町、本星崎町の付近一帯は小高い丘に挟まれた低い土地であって、その昔は海の中にあったと想像したほうが自然である。星崎という地名からして海と空のさかいに星が沈み、星が生まれる景色がふさわしい。

そのことを黒部は知っていたというのだろうか。

「電車は急に暗くなっている。「暗いですね」と側で岩本君はいった。「あそこは昔星が落ちたところだって。」電車の一番前のガラスに顔をつけて見た。空地のまん中あたりに蛍草のような草が生え小さな穴らしいものもあるのだけれど、でもよく見えない。「昔星が落ちたところ」。こんどは私が声を出して、いった。するとこの声は暗く輝いて、淋しい空地を一瞬最初の天体のように照らした。」

(作品「本星崎　II」最終部分)

「本星崎って？　いいえ、知りません。バス停があったって？そういえば一キロばかり沖へ出たところに昔駅があったたって、そんなこと聞いたことがあります。工場ですって？海の底に工場なんてあるかしら。ほらバスが岸に沿って走ってゆくでしょう？おしまいに海に傾いた大きな松の木があって、そこになら工場があったって聞いています。いいえたしかにあったんです。」

(作品「本星崎　III」冒頭部分)

「本星崎はどこにも無かったのだ、そう思いはじめてから、数ヶ月が経った。いままで本星崎にあったものを私は一つ一つ消しゴムで消していった。「工場」は「なし」、「桟橋」は「なかった」、というふうに。けれどどうしても消せないものもやっぱりあった。たとえばバスを待っていたあの赤い標識。陽の中で錆びている丸い部分が、どうしても消せない。それから砂に埋まってしまった屋根や柱、点線だけの実家。ようやく残った二階の窓からはぼんやりした机が覗いていて、これもやはり消せないのだ。塵のような貝殻。目をつぶった砂の上の波たち。」

（作品「本星崎　Ⅳ」冒頭部分）

こうして引用した「本星崎」のⅠからⅣの部分を繋げてみると、黒部は本能的に水の匂いを追っているように思える。「本星崎」は、作者の中で現れたり消えたりする。それは潮が満ちたり退いたりするようである。その中で、構築した砂のお城が波に削られるようにして現われてくるものがある。もう一度作品Ⅳに戻っていただきたい。

「それから砂に埋まってしまった屋根や柱、点線だけの実家。ようやく残った二階の窓からはぼんやりした机が覗いていて、これもやはり消せないのだ。」

と、「実家」という単語がでてくる。それはすでにノートに描かれ「点線だけ」で出来ているのだ。すると、実家のほうへさらにズームアップして見えてくるのは、机にある「塵のような貝殻」と、これも実物ではない、ノートに描かれた「目をつぶった砂の上の波たち」なのである。

■「本星崎」から先にあるもの

こうして作者は、「本星崎」という言葉を媒介にして「実家」と、実家のある「部屋」へとたどり着く。もうひとつ、隠されたものがある。いや、それはさりげなく出てくるので、なかなか気づかないで過ぎてしまう。

「ときどき小さい女の子がいなくなったりするけれども、ゆったりした海の音のすぐそばなので勘定もゆったりしていて、海も平気で子供を呑みこんだり吐き出したりしているのだ。」「沈んだ女の子の声も、もとぼしの息ももう同じなのだ（傍点作者）」（「本星崎」Ⅰ）「その中にはあの四歳の女の子もいる。どこを見渡しても何もない空地なので、彼女は一番前の席からいつも空だけを眺めている。」「すぐB点に着く。みんな——といっても四人だけだが——降りる。いつか女の子はいない」（「本星崎　Ⅱ」）「何を作っているのかって?ええ、女の子をたくさん作ってました。セルロイドの女の子。工場の入口からは発泡スチロールの肌色したぐにゃぐにゃのものを入れてね。出口からは等身大のかわいい女の子が出てくるの」「女の子たちは裏に出されるとすぐにパァンパァンと畳まれ、路地の吹きっさらしに高く積んでありました。」(「本星崎　Ⅲ」)「ところで女の子はどうしたものだろうか。朝早く砂浜を歩いてゆくと、ずっと向こうにまだ水に濡れている小さな長靴が見えている。まだ片方しか見当たらないのだけれど、あれはやっぱりあの子のに違いない。私はとっておきの淡い桃色を長靴のさきっぽに一寸つけてやった。」

(作品「本星崎　Ⅳ」)

この引用例からわかるように、作品ⅠからⅣの中で当てられている焦点は、実は「女の子」なのである。その子は海の底からあぶりだされ、ノートに描き出され、色を付けられると満足した作者に(ノートを)閉じられるのである。そして作者は「もうどこの海の音かはわからなくなった静まり返った世界で、「ふと、何か思い出したような気がした。私が、いいえ私ではなく、誰かが。誰かではなく誰かたちが。」(本星崎　Ⅳ)

というところまで「私」を世界に溶かしこんでしまう。

本星崎 → 海 → 女の子 → 実家 → ノート

→ 海の音 → 私 → 誰か → 誰かたち

今までの引用作品のキーワードの推移を図示するとこんなふうになるだろうか。「女の子」が作者の分身であることは大方の読者も想像がつくかもしれない。しかし、そうしたノスタルジックな世界よりも深い謎の世界へと、黒部は自分を運んでいってしまったのである。

■「誰か」とは誰か?

大変な回り道になってしまったが「「本星崎」作品解読」の初めに挙げた作品、「本星崎 V」に戻っていただこう。

一九八四年一二月、同人誌「アルファ」75号に発表したこの作品は、翌年の一月に倒れ、それから亡くなるまで一度も目を覚まさなかった黒部節子の、絶筆と思われる作品の一つである。

この作品に限ったことではないけれど、黒部の作品には、消えるイメージが頻繁に出てくる。

まず字が消える。陽と影が消える。空に映った女学生が消える。窓に映った雲が消える。右の肩が消える。声が消える。……

この「本星崎」のシリーズにもそれは言える。

ここにあるのは視覚より音である。「かすかな波の音——。」けれどもそれは「私」が聞いている波の音である。

作品Ⅳの最後で、「私」と「誰か」「誰かたち」が共存していることを見た。言わば「二重の意識」が黒部にこの詩を書かせたのだと言ってよいのかもしれない。前にも書いたように、黒部は右手が不自由になったため左手で詩を書いていた。常識的な言い方をするならこうだ。右手は本来の自分であり、左手で書いたから違う自分＝「誰かたち」が現れてきたのだと。——だが黒部は方法意識を明確に持っていた。

「夢の中に隠されていたものは、外からの視線によって少しずつあばかれるでしょう。私は、私自身を失おうとすることによって、私の思考や感情、意識のすべての源泉である私、純粋な最後の私と出遭うことができるでしょう。そしてそれはもはや私に属していず、事物の側にもなく、そのあわいに遥動し明滅しながら、ある瞬時ふと姿をみせる「開かれた空間」ともいうべき、未知のイメージです。それは又事物から発し、私がうけとるまでのあいだの、言葉にならない言葉、あの名づけがたい時のまなざしに似ています。」（作品集『耳薔帆O』一九六九年刊　不動工房「まえがき」から）と黒部は記している。

もう一つのポイントは、この連作自体が夢の構造をとっていると思われるが、作品Ⅳでは、さらに夢のもう一つ奥の夢に入っている、という点である。「疲れて、海草のように眠る。」というのは単なる比喩ではなかったのである。

「二重の意識」とはまた「二重の夢」でもあった。ⅣからⅤをつなげて読むとそのことがはっきりしてくる。そこでは歪んだ空間に「私」が溶けて他の物たちと奇妙に結びついていくのがわかる。

さて、本作品で作者は「Sara Saraと書く。間違えると、その字のまん中に、Suと線を引いて消す。」と述べる。続いて「すると何かが私のもう一つのぼんやりとした闇の中で、Suと線を引いて、消している。」と述べる。

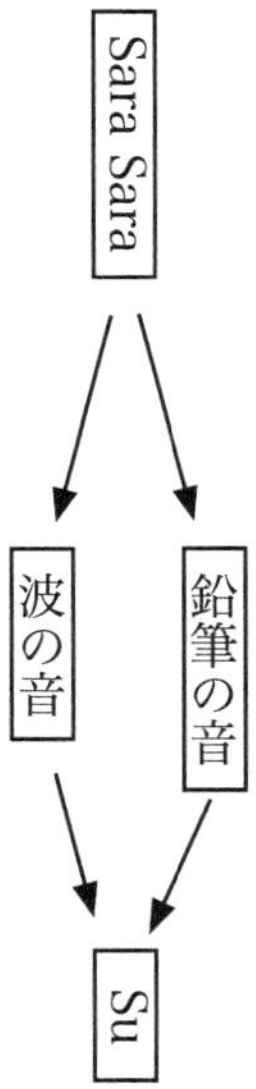

「Sara Sara」は鉛筆の音であるとともに波の音である。同じように、「Su」も鉛筆の音であるとともに波の音である。波の音が聞こえ、それをSara Saraと書いた結果、現れそうになる「何か」。だがなぜ「さらさら」ではなく「Sara Sara」なのか。なぜ「すっ」ではなく「Su」なのか。

波の音に導かれて夕暮れの海辺に立つと「海からやってきた波をはだしの十本の指で受ける。半分は引返し、半分は指の下のしめった宇宙に沁みこんでゆく。」。作者は「Su」という音を「消す」と他動詞的に使っているが、筆者は「消える」と自動詞的な音のように思えてならない。つまりもう一つの意識下では「Su」は「宇宙に沁みこんでゆく」ことと合致するのではないだろうか。すると「Sara Sara」は「引き返す」波の音と重なり合うことになる。上の図を延長していけば次のようになろうか。

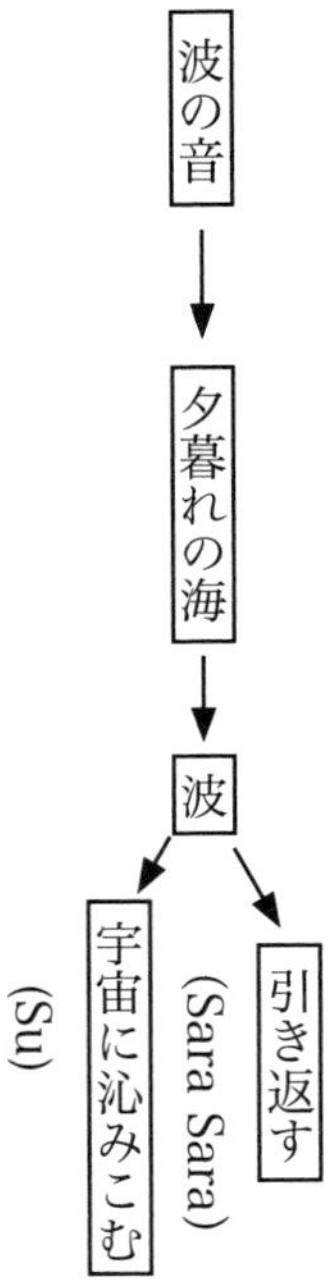

波の音
夕暮れの海
波
引き返す
(Sara Sara)
宇宙に沁みこむ
(Su)

その状態は、「二重の夢＝意識」からさらに枝別れして、すでに意識でない意識、言語哲学者の井筒俊彦の言葉を借りるなら、「アラヤ識」へと入りこんでいるようだ。だから、後半はこう始まる。

「「見えない、見えない」と言った。足の指の間から一筋の水がこぼれ、気がつくと字を間違えていた。Sara Sara は聞こえなかった。もう、九月になっていた。映画館へゆく。「——」は昔の映画である。主人公は長い髪をしている。ときどきすり切れてあたりは真っ暗になった。隅の方できりぎりすが鳴いていて、止んだ。急に私はひとりだった。誰もいないので、あいまいな影をした灰色の椅子の端に横坐りになってもたれた。ふとみると、椅子たちはゆっくりと、ながれていた。ゆっくりと私もながれていた。でもどこへ向かってなのだろう。カーテンにどこか穴があって、そっと吸いこまれてゆくとでもいうのだろうか。などと思っていると、彼らはふいに幾つもの灰色のボール紙になって、闇に貼りついた。その夜、右の文を書き写していると、例のかすかな Sara Sara が聞こえてきた。はっと耳を澄ましたが、すぐ聞こえなくなった。「ほら、また字、間違った」とひとりごとを言ったのだけれど、その声はいつもの私の声と少しも似ていなかったのである。」（「本星崎　V」後半）

作者はとても深い意識の下に降りていく。他方で利き手でない左手で書いている作者は「気がつくと字を間違えていた。」という状況だ。

①　字を間違えていた

②

映画館へ行く
私はひとりだった
椅子の端にもたれた
椅子たちはゆっくりと流れていた
私も流れていた
椅子が、灰色のボール紙になって、闇に貼りついた

時系列に書き写すとこうなる。つまり、①字を間違えることが②以下の状況を引き起こしたのである。歪んだ空間で作者は何物にも属さずたゆたうばかりだ。作者にとって「字を間違える」ことは、前記の言葉を借りるなら「そのあわいに遥動し明滅」することなのである。世界の規範を、「私」を溶かすことによって乗り越えている姿がこれだ。

もちろん、作者は冷静にこの情景を見、たぶん左手で「右の文を書き写している」。書き写すことが、闇に沈んだ自分を引き戻す手段である。だが引き戻しつつ、作者は「二重の意識」どころか、さらに自分でも制御できない世界、今まで見たことのない世界へと言葉で繰り出す。「Sara Sara」という波の音とともに「耳を澄ます」と「字を間違えている」作者がいる。けれどむしろ字を間違えることがより深い、私と世界が溶けるところへと入り込んでいることが今までの解析からわかってくるだろう。「その声はいつもの私の声と少しも似ていない」いところで、「私」とは違う「誰か」に黒部は出会うことができたのである。

■物質と精神、言葉と声

心理学者の河合隼雄はこう言っている。「人間の意識はいろいろな次元、あるいは層に分かれていると考えると解りやすいようである。われわれ現代人の意識の表層においては、主客の分離や、物質と精神の区別が行われる。これは仏陀に言わせると「一体感の世界に、倒錯した仕切りを立てる」ことになるのだが、むしろ、その仕切りをあくまでも強固にし、他から切り離され「自立」した意識をもって、他を観察することによって、西洋近代の科学が生まれてきたのである。したがって、西洋の近代に確立された意識は、仏陀の狙いとはまったく逆方向において発展させられたものなのである。そして、それは鋭利にとぎすまされて、多くの現象や物質を切断し分類して、自然科学の体系をつくりあげてきたのである。

自然科学の成果があまりにも強力であったので、現代人はそのような意識こそ、唯一の現実と過信するようになった。」（『明恵　夢を生きる』講談社α文庫より）

大学で数学を学び、のちに臨床心理学に転身してユングを研究した著者らしい、説得力のある文である。河合の文に照らし合わせれば、黒部の「本星崎」は、まさに物質と精神の融合が見られる詩であろう。あるいは「私」を言葉のかなたに溶かすことによって、読者はまったく違う意識のかなたで、得体のしれない「誰か」や「誰かたち」に出会うことができる。そうした世界では、自分の発した声さえも「私」のものではない。「私」とはいったいなんだろうか。そのことを発見した黒部節子にまず驚く。度々言うが、それは西洋的な思考方法から発した現代詩では捉えきれない世界なのである。

3　詩を読み解く　―詩集『北向きの家』を基に

■黒部節子が見た〝ものたち〟

いまさら言うのも気がひけるが、黒部節子論は前回の四回分で終了のつもりでいた。が三年経ち、改めてまだ触れていなかった詩集『北向きの家』の頁を繰った時、なにか見えてくる気がした。それが本詩集のところどころで貌をのぞかせる〝ものたち〟である。今回は番外編のかたちで、それらの謎（?）を解いていこうと思う。

〝ものたち〟とはなにか。黒部節子の詩の中に散りばめられている、様々な形をした〝ものたち〟。あたかも絵の中で、なぞ解きを秘めたような、それら。

詩集『北向きの家』（一九九六年夢人館刊）は、詩人小柳玲子氏と編集者大西和男氏が編集され、第三八回「晩翠賞」を受賞した詩集である。一九五九年（作品「日がかげるまでの」）から一九八一年（作品「本の話」）まで、二三年間の作品が収められている。まだ健康なころの作品から闘病生活までを含めた作品群である。したがって、「ことにほとんど詩集に収めることのなかった「少年詩篇」ともよぶべき」作品（小柳玲子氏添え書き「黒部節子の方」）や、「まだ病気の予感すらなかった日々の、みずみずしい情感にあふれ」た作品（同添え書き）も見られる。

窓の外でさっきから電話がなっていました
受話器をとるとお話し中らしく
わたしの声はなかなかききとれないのにあのひとったら
いつもこうなんです　十一時ので出発だ？
日曜日には帰ってくるゆうべは真夜中まで仕事だ
ガラス屋が間にあわない
あと二日しかないのに
四角い緑いろが十二丁足りない！
窓の内側ではテーブルの
紅茶茶わんそりかえった細いふちを
ちぎれそうな雲が走っています
つよい風がそこだけ吹いてます

詩集『北向きの家』

部屋にすわったままカバンをもって出かけることはできないものかしら
と思いながらお茶わんの空っぽの底をのぞきこんでいると
底の枯れた繁みから
小さなさかさの顔がこちらをむいて
いつまでもわたしをみているのでした

辞書では
GREEN
緑いろの
草におおわれた
なまの
なまなましい（思い出など）
青ざめた（顔いろなど）
嫉妬深い
野菜の

そしておしまいの方に
GREEN WOUND ――生傷
GREEN CHRISTMAS――暖かいクリスマス
とあります

日曜日は
暖かい雨がくるのかもしれません

（作品「日曜日に」全文　詩集『北向きの家』より）

黒部節子が一九七二年六月に脳内出血で倒れ、闘病生活を送る中、この作品が発表されたのが一九七三年一月「暦象」73号である。闘病生活の初期に書かれたと思われる当作品の、出てくる主な名詞だけ、例によって表にすると、

窓の外	↓電話	↓受話器	
		↓わたしの声	
		↓あのひと	↓ガラス屋
			↓四角い緑いろ
窓の内側	↓テーブル	↓紅茶茶わん	↓ちぎれそうな雲
			↓つよい風
			↓空っぽの底
			↓枯れた繁み
			↓小さなさかさの顔

となる。ほかの作品もそうだが、この作品はふたつの世界から成り立っている。「窓の外」と「窓の内側」である。その奇妙にゆがんだ世界はやがて「裏の世界」とでもいうような、独特な世

界観を作り上げてゆく。テーブルの上の紅茶茶わん、その「そりかえった細いふち」を流れる雲や風、茶わんの底に見える、枯れた繁み、そしてそこから顔を覗かせる「小さなささかさの顔」がある。

■「ちいさなささかさの顔」の正体

ほかの作品にも形を変えて時々現出する、どこか不吉な、あるいはおどろおどろしい感じのする「小さなささかさの顔」。これは人だろうか、ものだろうか。この作品に限って言えば、これは次の連の「GREEN」という言葉に当てはまるだろう。黒部はこの言葉を、辞書からの形容詞を取り入れながら、その実、名詞のほうに導いてゆく。

「緑いろの」「草におおわれた」「なまの」「なまなましい(思い出など)」「青ざめた(顔いろなど)」「嫉妬深い」「野菜の」、また「GREEN WOUND——生傷」「GREEN CHRISTMAS——暖かいクリスマス」と。とすれば、「ちいさなささかさの顔」は、人でもものでもなく、黒部はこころの状態を現したかったのだろうか。すなわち、

ちいさなささかさの顔 ⬇ 青ざめた(顔いろなど) ⬇ GREEN CHRISTMAS——生傷

という具合に。
いや、待てよ。空っぽの紅茶茶わんの底には、ちぎれそうな雲が流れていて、その向こうは、書かれてはいないけれど「空」があるはずである。ということは、

空 ➡ 底の枯れた茂み （からのぞいている）➡ 小ささかさの顔 である。

すると、この「生傷」を想定しているのは「空」。勘のいい読者なら思い出されたかもしれない。詩集『まぼろし戸』中の作品「空には」で黒部は、ポジとネガの、どちらにも反転する可能性のある世界を、その残酷さと楽天性のある世界を描き出した。それと構成が似ている。そのはずである。詩集『まぼろし戸』冒頭に収録され、一九七二年一二月「アルファ」38号（拙詩誌「アンドレ」5号で引用済）に発表された「空には」とは、どちらも闘病の初期に書かれ発表されたものであると推測される。

砂漠は晴れていて

森は曇っているという
子供は死んでいて　鳩は
生きているという
どちらが本当なのかわからない

（作品「空には」部分　アルファ38号初出）

では、黒部節子にとって「空」とは何だろうか。「空には／劇場がある」という「空」や他にも、この詩集『北向きの家』でも頻繁に登場する「空」というキーワードに触れないわけにはいかないだろう。当詩集で表出する「空」と、関連語彙を目に付く限り取りだしてみれば、次のようになる。

詩集『北向きの家』に登場する「空」とその関連語彙

作品タイトル	「空」の語彙	「空」の関連語彙
いちねんの唄	鳥が自分の声を探す空で	

雨	声の空で　ベルが	しんと日の照っている昼に
	みえない青空とのあいだに	
その声	空の塔がとても暗いと	
	サイレンの鳴り終わった空のよう	
でんわは	うしろの灰色の空に	
壁		星をかきまぜる手が
		悲鳴は夕ぐれのなかに
復活祭	だがもっと遠くでは　空の	
空の声		風の、あいまいな皺
		前後の雲の影
日曜日に		ちぎれそうな雲

夏		はげしい夏の太陽
地図のとおりに		お日さまが沈む
		西陽
影		日は真西からさして
		あかあかと日が
夾竹桃	「空が一枚ずつ入っているの」	夕日が落ちかかって
	まだそんな空も箱も	
	かすかな空と紙魚の匂い	
	小さな三角形の空	
	急に近く光っている空	
十月の日記、		雲の切れ目からうす陽が

空を書く	空を書こうと思った	西の方が濃いだんだら
	空のいちばん深いところ	泡
	深い空から逃げ出す	一片の雲
	空を書くなんて	小さなのが
	空を書こう	最後の消しゴム
	空のずっと下から	古い天体の匂い
	うっかり空の色を	
	光を失った空	
北向きの家		北向きの家はもう半分忘れられて

■黒部節子にとっての「空」

詩集二九篇中一五篇に、「空」という語彙や、それとの関連語彙が使用されている。この詩集に作品が採られている期間、二三年間がすべて「空」に対して向けられている訳はないにしても、黒部の詩の世界で、「空」はある一貫性をもって使用されているのは明らかである。前回まで指摘してきた「溶けていく私」性だけでなく、彼女は実存のもっと深いものを摑み、それを言葉で（あるいは言葉で伝え切れないことを）伝えようとしてきたと感じられるのだ。彼女が脳溢血で倒れる前に見、あるいは感じた世界。それが「空」を境にした向こう側にあるのだろうか。

それはもう　どこにでもいる
急にふりむいた
木かげの　顔にいる
古い戸が締めている
風の喉にいる
ミルクの　とても優しい皺

のなかにみつけた
（きてごらんよ
　まだ眠いっていっているから）
だがもっとおくでは　空の
忘れっぽい耳のなかに
いちばん高い
ぶどう畑にいる男がみつけた

　死んだ鳥がいないのは
　葉茂みのなかだけ
　血がとまらないので
　あわてている声のなかだけ

（作品「復活祭」全文　詩集『北向きの家』より）

さて本作品は、登場する〝もの〟〝ものたち〟から入って解釈していこう。一九六八年五月発表のこの詩は、闘病前の作品である。「それ」という指示代名詞で「もの＝誰か」を語っている。しかしながら、この作品は難解である。よく読むとうまく意味が通らないと感じられるのは、主語と述語の関係が、意図的にか寸断されているからである。その分、文章に思わぬひねりと弾力が加わった。

素直な詩にするなら、

それはもう　どこにでもいる ↓ 木かげにいる ↓ 古い戸にいる ↓ けさはこどもたちが／ミルクの／なかにみつけた ↓ （きてごらんよ／まだ眠いっていっているから） ↓

だがもっと遠くでは　空の ↓ いちばん高い ↓ 忘れっぽい耳のなかに〈いる〉

（〈〉は筆者が想像で足した部分）

だろうか。そして、それに次の文が重なる。

（それは）↓ 急にふりむいた ↓ 顔 ↓ 締めている／風の喉 ↓ とても優しい皺

↓ ブドウ畑にいる男がみつけた

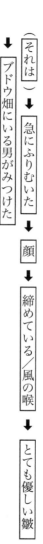

この二重のイメージが、この詩全体の構成を複雑にしていると考えられる。なぜこのように言葉の重なりをあえて実験的にしたのか。この答えは、一九六九年に発行された作品集『耳薔帆O』を思いだすと納得させられるだろう。再度説明を加えるなら、この作品集は、「文字群で埋められた紙のページと、その中のいくつかを選び出すための空白をあけた一枚か二枚かのプラスティック板から出来てい」る、手作りの実験的な作品集である。作者（デザインは久野真）自身の解説によれば、「夢の中に隠されていたものは、外からの視線によってすこしずつあばかれるでしょう。私は、私自身を失おうとすることによって、私の思考や感情、意識のすべての源泉である私、純粋な、最後の私と出遭うことができるでしょう。そしてそれはもはや私に属してはいず、事物の側にもなく、そのあわいに遥動し明滅しながら、ある瞬間ふと姿をみせる「開かれた空間」ともいうべき、未知のイメージです。それは又事物から発し、私がうけとるまでのあいだの、言葉にならない言葉、あの名づけがたい時のまなざしに似ています。」という。

黒部は言葉を、「私」から離し、むしろ自覚的に詩の、通常の文脈と遠い言葉を選ぶことによって、「「開かれた空間」ともいうべき、未知のイメージ」を手に入れようとしたと解釈できる。（筆者注：この『耳薔帆O』は、本論の第一回、第二回、第三回のときは手元になかったものである。

その後、ご夫君である黒部研二氏からいただくことができ、今回、初めて開いてじっくり見た。印刷された中身は二〇枚の紙とプラスティックで、一枚一枚はずれるようになっている。中央に小さな穴があいていて、真鍮のまるい留め具でまわして締めるようになっている。外側は厚紙で出来ている。発行所は不動工房。発行年が表のタイトルのところに印刷されている。裏表紙には、黒部節子の名前と簡単な詩集刊行履歴があるのみである)

その次の連はどうだろう。二字下げて四行が挿入されて終わっている。

死んだ鳥がいないのは／葉繁みのなかだけ／血が止まらないので／あわてている声のなかだけ

■ポジとネガの世界

普通に読む限り、この文章は意味が通らない。通常の詩であるなら、これは「死んだ鳥がいるのは、繁みのなかだけ。(鳥は、あるいは空は)血がとまらないので、あわてている。」であろう。また、主語は(鳥)でないかもしれない。つまりどういうことかというと、この詩句は、最初の「それはもう　どこにでもいる」の世界と表裏になっているネガの部分なのである。ほかの詩を、たとえば「空の皿」を思いだしていただきたい。この世界も、ポジとネガの世界だったはず。しかも時間も現在から過去へ流れ、反転して、過去から現在へと流れていた……。

と解釈するなら筋が通ってくる。つまり次の連の主語は、「どこにでもいる」「それ」であり、この詩では、同時に「死んだ」、特定ではない「鳥」である。「血が止まらないので」「あわてている」のは、じつは「それ」であり、「あわてている声」が聞こえる場所は、「空の」「いちばん高い」「忘れっぽい耳のなか」にあるのである。これを図解すると、

（ポジの世界）
それ → 木かげ → 古い戸 → ミルクのなか → 空の／忘れっぽい耳のなか

（ネガの世界）
それ（鳥） → 血が止まらないので／あわてている声 → 空の／忘れっぽい耳のなか

となる。では「それ」を指し示すものはなにか。「死」そのものなのだろうか？「それ」がいる場所は、「どこにでもある」けれど、最終的には「空の／忘れっぽい耳のなか」であった。

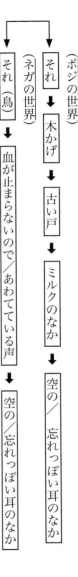

そこには「死」も充満している。が、どうもそれだけではないと思われる。「死」はその中の一部ではある。読みこんでいくともっとたくさんの要素が詰まっていて、どこかしら心の安らぎを覚えることがある。「復活祭」というタイトルからも窺える、死と生が混ざった、人の認識を超えた何かがそこに在るように感じるのである。

■「わたし」と「わたし」でないもの

あの展覧会はとうとう見なかった。その絵には黒い
大きな箱と小さな箱がかいてあって　そのなかに
「空が一枚ずつ入っているの」と誰かが言っていた。
わたしはまだそんな空も箱も　見たことがなかった。
美術館が閉まるころ　一枚の絵がふろしきに包まれ
裏口から出てゆくのを昼の夢に見た。若い男の手が
しっかりとふろしきの結び目をにぎっていた。どこ
かで夾竹桃が咲き　どこかで夾竹桃が枯れ　　だれ

もいない遊動円木が揺れて「落とさないで！」と叫んだ。それは遠い　二十年も前の誰かの声のようだった。左に曲がると　不意に養護学校の裏に出た。夕日が落ちかかっていた。　庭に干してあったきものを取りこみ　黒い大きな箱と小さな箱に入れて　しまった。きものは古い干し草の匂いがした。　かすかな空と紙魚《しみ》の匂いも。やはり裏があいていた。　裏のブロック塀と隣の屋根の間に　小さな三角形の空がみえた。暗いまわりに切りとられて　急に近く光っている空。「落ちないで！」わたしが叫んだ。

（作品「夾竹桃」全文　詩集『北向きの家』より）

一九七六年二月「暦象」81号に発表された、例によって不思議な作品である。理解できる範囲で、作品を図解すると、

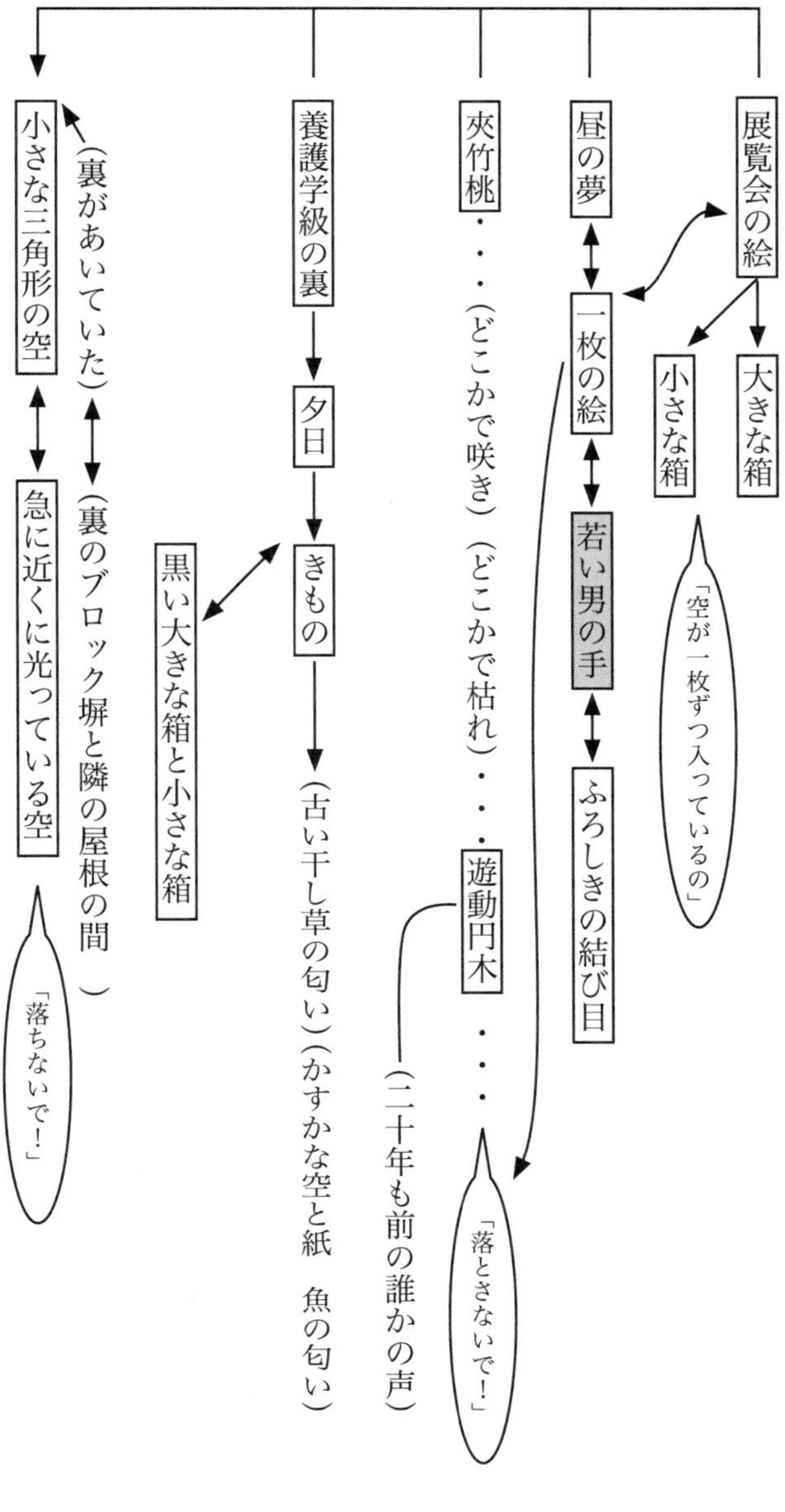
展覧会の絵
大きな箱
小さな箱
「空が一枚ずつ入っているの」
昼の夢
一枚の絵
若い男の手
ふろしきの結び目
夾竹桃・・・(どこかで咲き)(どこかで枯れ)・・・
遊動円木
・・・・
(二十年も前の誰かの声)
「落とさないで!」
養護学級の裏
夕日
きもの
(古い干し草の匂い)(かすかな空と紙　魚の匂い)
黒い大きな箱と小さな箱
小さな三角形の空
(裏があいていた)
(裏のブロック塀と隣の屋根の間　)
急に近くに光っている空
「落ちないで!」

ここでの〝ものたち〟というトリックスター的な役割を果たしているのは、はっきりした人物ではないが「若い男の手」である。「若い男の手」はここで時間の繋ぎ目をなしている。「大きな箱」と「小さな箱」の絵。そのなかにどうやら「空が一枚ずつはいっているの」らしい。しかし誰がそう言ったのかは不明のままだ。「手」から「ふろしきの結び目」がズームアップされ、それは時間の結び目のようである。そこから作者は過去時間へと「大きな箱」と「小さな箱」を移動させる。展覧会の「絵」は、男の手を中心に過去へと展開してゆく。

タイトルの「夾竹桃」が咲き、枯れる間に二十年の歳月が流れたらしい。いや、時間は逆戻りしたので夾竹桃は枯れてから咲くことを繰り返したのである。「だれもいない」はずの「遊動円木が揺れて」、「落とさないで！」と主体が特定されないまま話される。その上に見えない誰かがいることを、遊動円木が暗示している。むしろ、声の主は、「二十年も前の誰かの声」らしい。なにを「落とさないで！」かというと、(空が一枚ずつ入っている)「大きな箱」と「小さな箱」の描かれた「一枚の絵」である。

ここで、画面はポジとネガのあいだで入れ替わる。「落とさないで！」と誰かが言い、このあたりからのネガの世界は、「わたしと思しき人物」が動き出す。そしてポジの世界では書いていない動作を、ネガの世界で行うのである。ポイントは「裏口」(一か所)、「裏」(三か所)

という語句だ。

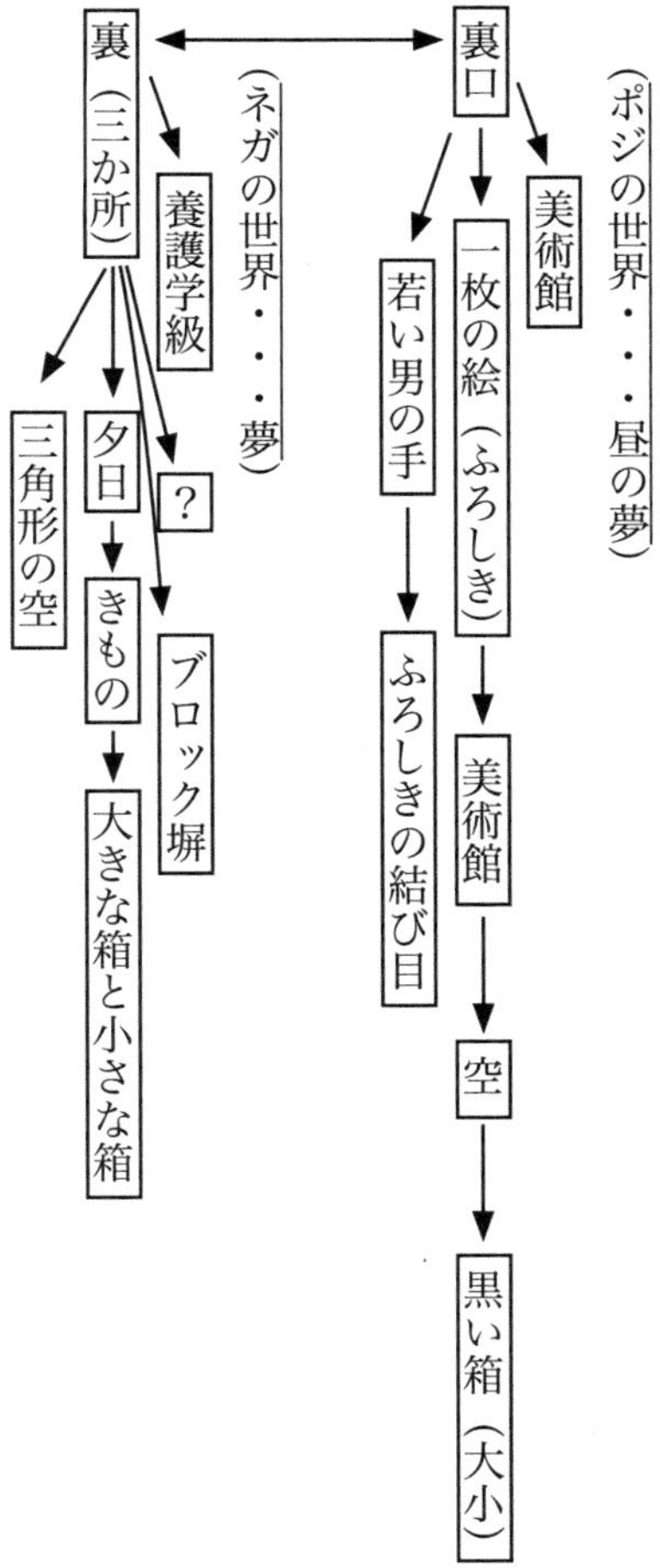

以前にも指摘した通り、黒部はこのこのように謎解きのキーワードを潜ませる。「裏口」「裏」という語句を中心に据えて見るなら、ポジの世界の「美術館」は、ネガの世界の「養護学級」

だろう。それが解れば、「黒い大きな箱と小さな箱」は同じような行動のポジとネガの関係である。ルビ入りの語句、「ふろしき」と「(古い干し草の匂いのする) きもの」も、ポジとネガの世界をつなぐものとしての媒体である。

謎解きの二つ目は、［？］として示した「裏＝やはり裏があいていた」というセンテンスである。この唐突とも思えるセンテンスは、「家の裏」とは言っていない。けれどもそれは「家の裏」とも取れる。「裏のブロック塀」とも取れる。だが、作者の本当のねらいは、書かれていない「一枚の絵＝黒い大きな箱と小さな箱」に開いていただろう「裏」である。この〈通路〉が開けられていないと、「小さな三角形の空」は、ネガ的には、決して見えてこないはずなのである。〈一枚の絵＝黒い箱〉の裏が開いていた、と言外に匂わせているのだ。

ポジの世界の明るい「空」と対比された、「暗いまわりに切りとられて　急に近く光っている」ネガの世界の「空」が最後に提示される。ポジの世界の、黒い箱に入った空は、ネガの世界で拡大される。

「近く光っている空」に対して、いままで公には登場して来なかった「わたし」が初めて、「落ちないで！」と叫ぶのだ。この場面はまた様々に解釈が可能である。落ちないでと叫んだのは、その空がまだ「一枚の絵」だと思っているからだ。だとすれば、作品の半ばで「落とさないで！」

と叫んだのは、二十年前の「わたし」であったのだろうか。

（ポジの世界）　　　　　　　　（ネガの世界）

落とさないで！（誰か）⟷ 落ちないで！（わたし）

だがそれが、「わたし」であろうとわたし以外の「誰か」であろうと、その部分を空白にしておきたい気持が作者にはあったのではないかと筆者は推測する。「アルファ」29号（一九六八年）「作品集『耳蕾帆O』に関する覚書」の中で、黒部節子はこう書いている。

「・・・（いわゆる「私自身の言葉」）それは「私」に属するより、むしろ「私」以外の自由な外の空間に属している。この時代の、荒廃した言葉の氾濫するなかでは、そして余りに多すぎる「私自身の言葉」のひしめきのなかでは、存在の虚無の彼方にひっそりと退いていく言葉のかたちは、私にとっていちばん美しく、根源的なものに思われる。それは「最後の私」にとって代わられた置きかえのできない沈黙の自由、美しさ、深さだ。」

「存在の虚無の彼方にひっそりと退いていく言葉のかたち」とは、「どこかで夾竹桃が咲きどこかで夾竹桃が枯れ　誰もいない遊動円木が揺れて「落とさないで！」と叫んだ」「二十年も前の誰かの声」とほとんど同じではないだろうか。そこではやはり「わたし」はどこかに隠れ、また「空」のかなたに溶け込んでしまい、沈黙が言葉を囲っているような景色が広がっているのが見える。

■「北向きの家」から「空」を見る

北向きの家があった。　わたしの家から何百キロも遠く　みえない丘の上に立っていることもあったし　反対に極く近くに——いまにも指に触れるぐらいの距離に——在ることもあった。　ふつう北向きの家はその実際の距離のちょうどまん中あたりにいる。　だから大抵は忘れている。　地球の上にほどよく陽があたり　ほどよく影がさし　しばらく何もかも思い出さずにいられるところに。

けれど　ガラス戸がいつまでも暖まらない寒い昼すぎなど　ふと　あの距離を思い出すのだった。　長い間放っておいた本の整理をしようと思って　かじかむ手で本をわけていると　本棚の奥の方からいきなり乾いた細い風が吹きこんできた。　くらい本と本とのあいだにいつか狭い隙間が出来　白い視野がひらけて　その向うに北向きの家が見えた。丘の上に空《から》風《かぜ》が舞って　家の上に藁や紙屑などが飛んでいる。日当たりの悪いところに紐を吊ってハンカチが干してあり　窓がばたんばたんして　カーテンが少しあいている。誰かの影が扉から出て　かくれる。又出てきて　又かくれる。そしてこんどは永遠に出てこない……

わたしは本を何冊か手に持って　全部棚の奥にしまいこもうとした。ときどき本は手から洩れて落ち　そ

のたびに向うの家は風にあらわれて輝くのだったが
それでも何度か試みているうちに本はどうにか本棚
に落ちついて　北向きの家は見えなくなった。
夕暮れがやってきたので　わたしは奥の戸を締めに
ゆかなくてはならない。桟を降ろしてカーテンをひ
くと　急にまっくらになる。北向きの家はもう半分
忘れられて　たぶん　あの距離の中間あたりに止っ
ている。

（作品「北向きの家」全文　詩集『北向きの家』より）

一九七八年五月「暦象」に発表されたのが本作品である。まず、①「北向きの家」は「わたし」が住んでいる家ではない。誰かが住んでいる気配があるが、特定の誰かというわけではない。②「北向き」というからには家の表は北に向いているのであり、どうやら日当たりは悪そうだ。③北向きの家は、現われたり消えたりする。「わたし」との距離が、遠くなったり近づいたりする……ということを理解しておきたい。それが左図の、「北向きの家」と「わたし」の感覚

的距離である。

「北向きの家」と「わたし」の感覚的距離

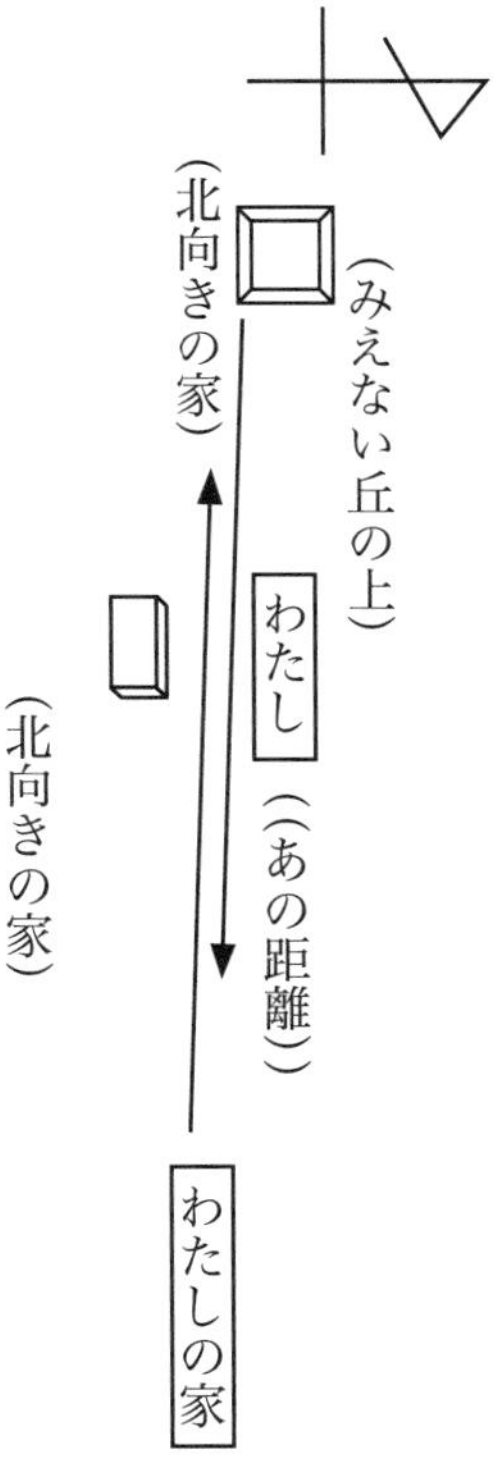

しかしながら「みえない丘の上」に立っている「北向きの家」というのは奇妙な感覚である。荒川修作よろしく、身体をひねって見ないことにはうまく対象物を捉えられないのでは、と思ってしまう。その「家」は遠くに在るときもあれば、「いまにも指に触れるぐらいの」近くに在るときもある。いや、遠くにあるときは、見えないのである。なにしろそれは、「わたしの家から何百キロも」離れているのだから。それは、たぶん〈感じる〉のだと思う。「実際の距離のちょ

うどまん中あたりに」いたとしても透明で見えない。「だから大抵は忘れている」のも当たり前なのだ。家を感じている、という感覚。それがたぶん「あの距離」なのである。それは同時に「家を忘れている」という感覚でもある。「家」は「わたし」にとっては、寝そべっている見えない猫のようなものだ。

「本」「本棚」という〝もの〟がここでも活躍する。「本」と「家」の関係も、なぞ解きである。

本　本棚　乾いた細い風　隙間　白い視野　北向きの家

空風　藁　紙屑　紐　ハンカチ

窓　カーテン　誰かの影

出てくるこれらの単語を並べ、シャッフルするだけでもまた違った物語が出来そうだ。それにしても「本」から「誰かの影」の間に、どれほど豊かな時間が流れているのだろうか。というより、これらの単語は、時間と言うものの形象化だろう。はたして「細い風」にしても「空風」にしても「藁」や「紐」「紙屑」「ハンカチ」「窓」「カーテン」にしても、ことごとく動くものたちである。それらは「北向きの家」を中心にして揺れ動き、空間でだけでなく時間のたわみも感じさせる。扉に隠れていた「誰かの影」は、出たり入ったりして正体を明らかにされず、〈影〉のままである。けれども判って来たことは、「北向きの家」には誰かが「永遠に」住んでいる、ということだ。

本を手にした「わたし」が、棚の奥にしまおうとすると「ときどき本は手から洩れて落ちる。「そのたびに向こうの家は風にあらわれて輝く」。この場面は無類にうつくしい。ただうつくしいだけだはない。ここに現われているのは、インドの思想であるウパニシャド哲学「アートマンとブラフマン」の関係、いわゆる「梵我一如」[7]を連想させて仕方がない。「本」と「家」は一対の身体のように呼吸する。あるいは裏の生理（手から洩れる）が、表に現われてくる（風にあらわれて輝く）ようにもとれる。（ちなみに「あらわれる」とは、「現われる」と「洗われる」を同時に掛けていることは明らかだ。）

「本」と「家」の間には「あの距離」が存在する。「わたし」と「北向きの家」の間にもそうした距離は感じられるのだけれど、「あの距離」を中心に考えると、「本」は「あの距離」の分身ではないかという気がしてくる。あるいは現在と過去を結ぶ媒体の役割である。

7　「宇宙」の本質と我々個人の「我」の関係は同一であるとする思想。

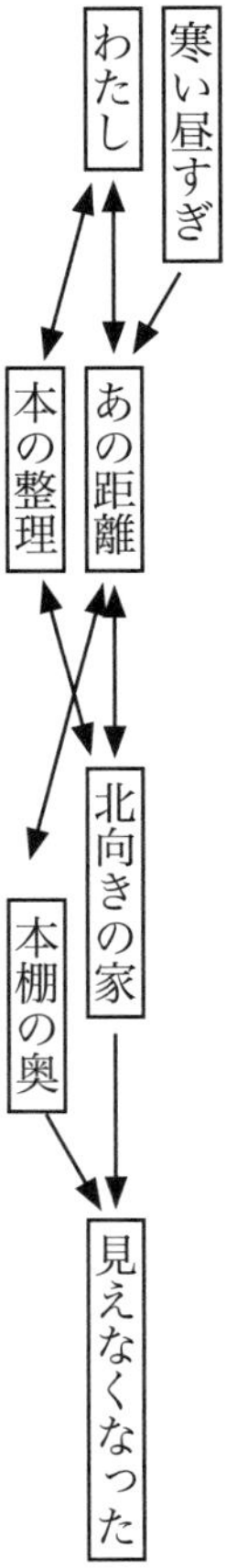

「わたし」と「北向きの家」を結ぶものは「あの距離」であるから、三角関係から、「本」を含めた四角関係となってくる。「本」は同時に寒さをともなって描かれており、「白い視野」がむこうに開けているのは、黒部節子は、郷里である三重県飯南郡の「多気駅」の方向を想定したのかもしれない、とも推理してしまう。（余分だが、ひらがに直した「きたむきのいえ」は「たき」と「えき」が逆読みに入っていると読めなくもない）[8]

「夕暮れがやってきた」ことは、いつもの黒部の詩のクライマックスである。そこからは、いつも（前解説の「夾竹桃」もほぼ同じ構造になている）、ネガの世界に入ってゆくことになるのだが、問題は、その時点にいる「わたし」は、「現在」にいるのか、「過去」に入りこんでしまったのか、という点である。次に続くセンテンスは「わたしは奥の戸を締めにゆかなくてはならない。桟を降ろしてカーテンをひくと……」となっている。

■宙吊りの自我

二〇〇八年に筆者が訪れた黒部節子の生家は、メモを見ると、門から見て右手に母屋があり、母屋の左隣りには、小さな棟をはさみ、「離れ」の棟がある。門の左手に別棟が二棟建っている。母屋の向こうには蔵がある。その「離れ」の棟が、想像するに「奥の戸を締めにゆ」く部屋ではなかったのだろうか。昔はどの家も夜になると、戸締りのために戸袋から板戸を取りだし、戸を締めたものである。とするとこの「夕暮れ」は、すでに過去に戻り、生家を想定した「わたし」のいる時間だったのだろうか。「桟を降ろしてカーテンをひくと　急にまっくらになる」時間である。だが作品は時間を超越して現在も未来も過去も感じさせない場所に導く。そこにはすでに「わたし」は存在せず、「北向きの家」だけが超越的な時間の中に存在している。暗闇のなかに「もう半分忘れられて」いるものは、「家」とは言えないのかもしれない。「あの距離の中間あたり」という、宙吊り状態、いわば、固定しないことが理想であるような「わたし」である。それは黒部節子の言葉を借りるなら「存在の虚無」という、宙吊りの自我ではないのだろうか。

8　このようなアナグラム的な遊びを感じるのだが、他の作品にもそのような痕跡を認めるときがある。

黒部節子年譜（黒部晃一氏作成）

●一九三二年（昭和七年）〇歳　二月四日、三重県飯南郡漕代法田（現、松阪市法田町）にて、父竹雄、母玉子、三人姉妹の長女として誕生。

●一九三六年（昭和十一年）四歳　竹雄の仕事の関係で、伊賀市上野伊予町に転居。同町の白鳳幼稚園（今もまだある幼稚園です）入園。

●一九三七年（昭和十二年）五歳

●一九三八年（昭和十三年）六歳　上野町立尋常高等小学校（現、伊賀市立上野西小学校）入学。一年生。

●一九三九年（昭和十四年）七歳　東京府東京市大森区東馬込（現、東京都大田区東馬込）に転居。東京市伊藤尋常小学校（現、品川区立伊藤小学校）に転校。二年生。

●一九四〇年（昭和十五年）八歳　三年生。

●一九四一年（昭和十六年）九歳　四年生。

●一九四二年（昭和十七年）十歳　五年生。東京府北多摩郡武蔵野町吉祥寺（現、東京都武蔵野市吉祥寺）に転居。東京府北多摩郡武蔵野町第四国民学校（現、武蔵野市立第四小学校）に転校。

●一九四三年（昭和十八年）十一歳　六年生。

●一九四四年（昭和十九年）十二歳　女学校一年生。東京府立武蔵高等女学校（現、東京都立武蔵高等学校）入学。

●一九四五年（昭和二〇年）十三歳　第一回東京大空襲で家を消失。故郷松坂に移住。飯南高等女学校に転入。国語教師、親井修（新俳句を主とする伝統にこだわらない非定型の短詩型文学をおしすすめた）に現代詩の講義を受ける。戦災のため一月に松阪市に疎開。三重県立飯南高等女学校に転入。女学校二年生

●一九四六年（昭和二一年）十四歳　女学校三年生

●一九四七年（昭和二二年）十五歳　女学校四年生

●一九四八年（昭和二三年）十六歳　三重県立松阪南高等学校（現、三重県立松阪高等学校）に転入。

※三重県立松阪中学校と三重県立飯南高等女学校が統合されて、三重県立松阪南高等学校が発足した。

●一九四九年（昭和二四年）十七歳　親井修が生徒を中心に創刊した「詩表現」にはじめて作品を発表。
●一九五〇年（昭和二五年）十八歳　松阪南高等学校卒業。奈良女子大学文学部国文科入学。
●一九五一年（昭和二六年）十九歳　中野嘉一主宰、詩誌「暦象」創刊に参加。
●一九五二年（昭和二七年）二〇歳　中部日本詩人連盟会員。
●一九五三年（昭和二八年）二一歳
●一九五四年（昭和二九年）二二歳　奈良女子大学卒業。（ゼミ：萩原朔太郎、卒論：近代詩の隠喩）卒業間際に結核にかかる。
●一九五五年（昭和三〇）二三歳　結婚。岡崎市に転居。
●一九五七年（昭和三二）二五歳　『白い土地』（暦象詩社）（２００部印刷）
●一九五九年（昭和三四）二七歳　詩誌「湾」（和田徹三）参加。
●一九六〇年（昭和三五）二八歳　詩誌「アルファ」発足、参加。（この年、中日詩人会に改組）
●一九六五年（昭和四〇）三三歳　朝日新聞日曜版に「柄」（画家、久野真との詩画）一年間連載。
●一九六六年（昭和四一）三四歳　『空の中で樹は』（思潮社）
同年三四歳　詩画集『柄』（画・構成　久野　真）（弥生書房）

●一九六九年（昭和四四）三七歳　作品集『耳薔帆O』（不動工房）
●一九七二年（昭和四七）四〇歳　六月脳内出血で倒れ、闘病生活に入る。
●一九七四年（昭和四九）四二歳　『いまは誰もいません』（不動工房）（翌昭和五〇年、中日詩人賞受賞―四三歳）（暦象、湾、アルファ、詩表現に発表）
●一九八二年（昭和五七）五〇歳　『空の皿』（花神社）
●一九八五年（昭和六〇）五三歳　一月三〇日、脳内出血で倒れ、以後意識の回復がなし。
●一九八六年（昭和六一）五四歳　『まぼろし戸』（花神社）（日本詩人クラブ賞）
●一九九六年（平成八）六四歳　『北向きの家』（夢人館）（土井晩翠賞）
●二〇〇四年（平成十六）七二歳　二月十一日　永眠
（エッセイ集『遠くのリンゴの木』年譜より）

※カッコ下線の部分は、彼女自身のエッセイ「私と詩と」からの証言と抜粋。渡辺正也氏のエッセイも。

*参考文献

平石千之氏所有―黒部節子からの手紙
黒部晃一氏作成：黒部節子年譜
『暦象』創刊号（一九五一・一〇月）〜第5号（一九五二・八月）

*

『白い土地』暦象詩社　一九五七
『空の中で樹は』思潮社　一九六六
詩画集『柄』共著・画・構成　久野真―弥生書房　一九六六
作品集『耳薔帆O』不動工房　一九六九
『いまは誰もいません』不動工房　一九七四
『空の皿』花神社　一九八二
『まぼろし戸』花神社　一九八六
『北向きの家』夢人館　一九九六
『遠くのリンゴの木』アルファの会　二〇〇四

*

『病理学ノート―芸術家の心の風景』中野嘉一（宝文館出版）一九九八
『新編・和田徹三全詩集』沖積社　一九九九
『ドイツ詩を学ぶ人のために』内藤道雄編（世界文化社）二〇〇三
雑誌『日本の詩101年』新潮11月臨時増刊号・新潮社　一九九〇
『ポエジーの挑戦』嶋岡晨・白地社　一九九六
『戦中戦後　詩的時代の証言1935-1955』平林敏彦・思潮社　二〇〇九
『東洋哲学　覚書　意識の形而上学』井筒俊彦（中公文庫）
『意識と本質―精神的東洋を索めて』井筒俊彦（岩波書店）
『意味の深みへ』井筒俊彦（岩波文庫）
『身体論―東洋的心身論と現代―』湯浅泰雄（講談社学術文庫）
『明恵　夢を生きる』河合隼雄（講談社α文庫）
『東と西の宇宙観　東洋篇』荒川紘（紀伊國屋書店）二〇〇五
『世界詩人全集17』アポリネール・コクトー・シュペルヴィエル（新潮社）

＊初出一覧

序：「詩人・黒部節子の魅力」（二〇一四年・平成二六年五月一六日　中日新聞・夕刊）

個人詩誌「アンドレ」・NO・5（二〇〇三）、NO・6（二〇〇四）、NO・7（二〇〇七）、NO・8（二〇〇八）、NO・9（二〇一一）、NO・10（二〇一四）、NO・14（二〇二〇）

あとがき

黒部節子は不思議な運命のなかを生きた詩人である。

西洋的な物語構成、謎を含んだ独特な語り口。それが黒部節子の世界だと思ってきた。が、その奥にもうひとつ、違った貌が現れた。それが作品分析で見てきたような東洋的な世界観である。

井筒俊彦は「コトバ以前」にある、捉えきれないものを「アラヤ識」として説明する。それは、捉えきれないところから来る一種の〈悟り〉であるが、同時に、「限りない妄想現出の源泉」であり、『真如』の限りない自己開顕の始点」であるとしている。(『東洋哲学　覚書――意識の形而上学』井筒俊彦著　中央公論新社)

黒部節子の世界は、東洋思想のいわば二律背反性をも見事に具現化している、と言える。彼女の作品に登場する「空《そら》」のイメージ、夕ぐれや、夕ぐれのむこうに浮かぶ皿や悲鳴、それらは単なる空想の産物ではない。「私」から解放された、「わたし以前」の世界観であることは確かだ。

こうした独自な世界観をもつ黒部節子の作品世界は、四十歳で脳内梗塞に倒れ、闘病生活を余儀なくされた生活の中から生まれたことを考えると、詩というものの逆説性を感じないわけにはいかない。黒部が健康な生活の中で詩を生産し続けたなら、単にユニークな才能に恵まれただけの詩に終わっていたかもしれない。病があったからこそ、その才能が比類ないまでに開花したとも言えるのである。

＊　＊　＊

この評論集は、「序」を「詩人・黒部節子の魅力」として、中日新聞・夕刊（二〇一四年五月一六日）に発表したものと、拙個人詩誌「アンドレ」・NO・5（二〇〇三）、NO・6（二〇〇四）、NO・7（二〇〇七）、NO・8（二〇〇八）、NO・9（二〇一一）、NO・10（二〇一四）、NO・14（二〇二〇）に発表したものから成っている。

発表が時系列順ではないため、引用作品や記述の内容に多少の重複が見られるが、その時点での整合性を考えあえてそのままとしたことをお断りしておきたい。

＊　＊　＊

この評論集を成すに当たって、黒部節子のご遺族（黒部研二氏と黒部晃一氏）には多大な資料、逸話、ご助言をいただいたことに、また「アルファ」の、ご存命、亡き同人諸氏に感謝いたします。

洪水企画の池田康氏には適切かつ温かなご指導をいただき御礼を申し上げます。

二〇二一年五月　早めの梅雨入りのなかで。

宇佐美孝二（うさみ・こうじ）

1954 年愛知県生まれ
詩集に：
『空の擬音が、ふ』1987・不動工房
『ぼくの太りかたなど』1990・七月堂
『浮かぶ箱』1997・人間社（第 38 回中日詩賞）
『虫類戯画』2005・思潮社（第 5 回詩と創造賞　2006 年名古屋
　市芸術奨励賞）
『ひかる雨が降りそそぐ庭にいて』2010・港のひと
『森が棲む男』2015・書肆山田
　ほかにアンソロジー詩集、アンソロジー評論等

日本現代詩人会、中日詩人会各会員
個人詩誌「アンドレ」、「アルケー」「幻竜」同人

現住所：名古屋市北区山田四丁目 9 － 21 － 710　（〒 462-0810）

詩人の遠征 11

黒部節子という詩人

著者……宇佐美孝二

発行日……2021年8月1日
2022年1月10日　第2刷
発行者……池田 康
発行………洪水企画
〒254-0914 神奈川県平塚市高村 203-12-402
TEL&FAX 0463-79-8158
http://www.kozui.net/
装幀………巖谷純介
印刷………シナノ印刷株式会社
ISBN978-4-909385-27-7

詩人の遠征シリーズ　既刊

❶ ネワエワ紀

池田康 著　1600 円 + 税

❷ 骨の列島

マルク・コベール 著、有働薫 訳　1800 円 + 税

❸ ささ、一献　火酒を

新城貞夫 著　1800 円 + 税

❹『二十歳のエチュード』の光と影のもとに

～橋本一明をめぐって～

國峰照子 著　1800 円 + 税

❺ 永遠の散歩者　A Permanent Stroller

南原充士英和対訳詩集　1600 円 + 税

❻ 太陽帆走

八重洋一郎 著　1600 円 + 税

❼ 詩は唯物論を撃破する

池田康 著　1800 円 + 税

❽ 地母神の鬱　—詩歌の環境—

秋元千恵子 著　1800 円 + 税

❾ 短歌でたどる **樺太回想**

久保田幸枝 著　1800 円 + 税

❿ 悲劇的肉体

J・シュペルヴィエル 著、嶋岡晨 訳　1800 円 + 税